KB211484

보선

둥근 마음으로 그리고 쓴다.
타자의 아픔에 공명하며 더 많은 존재가 덜 고통받길
바라는 마음으로 비건을 지향하고 있다.
비거니즘이라는 삶의 태도를 다룬 『나의 비거니즘 만화』,
적당한 외로움을 이야기하는 『적적한 공룡 만화』,
타인의 삶을 탐구한 에세이집
『평범을 헤매다 별에게로』를 지었다.

인스타그램 @understaim

나의 장례식에 어서 오세요

보선 그림에세이

2024년 3월 25일 초판 1쇄 발행
2024년 10월 25일 초판 3쇄 발행

펴낸이 한철희 | **펴낸곳** 돌베개 | **등록** 1979년 8월 25일 제406-2003-000018호
주소 (10881) 경기도 파주시 회동길 77-20 (문발동)
전화 (031) 955-5020 | **팩스** (031) 955-5050
홈페이지 www.dolbegae.co.kr | **전자우편** book@dolbegae.co.kr
블로그 blog.naver.com/imdol79 | **인스타그램** @dolbegae79 | **페이스북** /dolbegae

편집 유예림
표지디자인 김민해 | **본문디자인** 김민해 · 이은정 · 이연경
마케팅 심찬식 · 고운성 · 김영수 · 한광재 | **제작 · 관리** 윤국중 · 이수민 · 한누리 | **인쇄 · 제본** 한영문화사

ⓒ 보선, 2024

ISBN 979-11-92836-62-1 (03810)

나의 장례식에 어서 오세요

보선
그림에세이

돌베개

차례

둘, 별들에게 인사

나의
장례식

셋,　　　　　　빛과 어둠과 색채

넷, 　　　　꺼지지 않는 빛

인생은 살 가치가 없다거나
죽는 것이 더 낫다고 생각합니까?

들어가기 전에

어느 날, 친구 찰리가 이런 말을 했다.

우리에게 주어진 가장 확실한 미래는 죽음이야.

서로의 장례식에 꼭 참석하자는
의미는 아니었다.

누군가 먼저 세상을 떠나더라도
남겨진 친구들이 그가 원하는 장례식을 열어
잘 보내주자는 의미 같았다.

장례식은 보통 죽은 이의 가족이
열기 마련이지만
우린 친구가 어떤 장례식을 원하는지가 궁금해졌다.

너는 장례식 어떻게 열고 싶어?
네가 네 장례식을 열 수 있다면 말야.

18

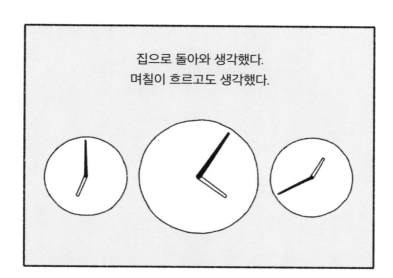

집으로 돌아와 생각했다.
며칠이 흐르고도 생각했다.

그런데 내가 언제 죽을지는 아무도 알 수 없잖아.
내가 죽어버리고 나면
친구들의 박수 소리를 들을 수 없잖아.

19

그렇다면 살아있을 때
장례식을 열면 되지 않을까?

20

'나의 장례식'은
그렇게 시작되었다.

하나,

희미한

불빛

혐오하는 시간

따끈한 전기장판에 누워있다. 땀방울이 이마를 타고 내려갈 즈음에야 더위를 느끼고 있다는 걸 깨달았다. 장판의 온도를 낮춰야 했지만 축축한 상태 그대로 가만히 천장을 바라봤다. 공기가 드나드는 몸의 구멍들이 시멘트로 막힌 듯하다. 언제부턴가 답답한 무력함이 너무도 익숙해졌다. 생긋거리며 뛰놀고 열성적으로 일했던 기억은 흐릿해지고 눅눅한 무기력이 내 시간의 기본값이 되었다. 어떤 곳에도 감각의 초점을 맞추지 못한 채 시간을 망각하며 보낸다. 한동안은 변명거리를 찾아다니며 나는 본래 이리 나약한 사람이 아니라고 부정하기도 했지만, 이제는 이게 나라고 확정하게 되었다.

나에게 시간은 이렇게 흐른다.

꿈에서 깨어난다. 명치 안쪽 묵직한 긴장을 느낀다. 이불에서 팔을 빼내어 스마트폰으로 음식을 배달시킨다. 숨이 조금 차오른다. 배달 음식이 문 앞에 도착하면 일어나 식사한다. 다시 이불 속으로 파고든다. 꿈속으로 들어간다.

이 과정에 시각은 없다. 오전, 오후, 주말, 평일 등으로 나

뉘는 시간 단위는 무의미하고 불규칙적으로 전과 같은 일과가 반복된다.

　세계는 오롯이 홀로 감당해야 한다. 우리는 다른 이의 세계를 호기심 어리게 바라보고 탐구하기도 하지만, 결국 나의 세계로 돌아와 살아간다. 각별한 친구들을 떠올려봤다. 어떤 친구는 유일신을 믿고, 어떤 친구는 신이 없다고 믿지만 영혼의 존재는 믿는다. 어떤 친구는 삶 자체에 감사하고 어떤 친구는 새 생명을 잉태하는 일에 죄책감을 느낀다. 각자가 구축한 세계는 모두 고유하다. 우리는 서로 우정을 나누고 악수도 할 수 있지만 완전히 다른 세계에 머물고 있다.

　벗어날 수 없는 내 세계가 마음에 안 든다. 꿈인지 알아차렸지만 내 의지로 깨어날 수 없는 자각몽에 갇힌 것 같다. 잠시 쉬었다가 살고 싶다. 쉬면서 사는 것이 아니라 삶 자체를 일시적으로 멈추고 싶다는 말이다. 태어난 이상 계속 살아야 한다는 사실이 버겁다. 몇 계절이 넘도록 이 모양이지만, 사실 내 감정에는 기복이 있어서 가끔 밝아질 때도 있는데 그런 날엔 내가 감각했던 고통이 거짓처럼 느껴진다. 내가 왜 그렇게 괴로웠는지 이해되지 않고 자의식과잉에 허세가

버무려져 현실에서 도피하려는 비겁한 사람처럼 보인다. 기운 없이 이불 속에 있을 때든 생기가 차올라 움직일 때든, 어느 때든 나는 내 편이 되지 못한 채 발버둥 친다.

희미한 불빛처럼

　누군가 뻥 찬 공에 맞을까 봐 두려워서, 운동장 옆 길을 잘 지나다니지 않았다. 공에 맞아 다친 적도 없으면서 어릴 적부터 왜인지 공을 무서워했다. 그러던 나도 피구 경기에 나간 적이 있다.

　해마다 모든 디자인과 학생들이 모여 여는 체육대회였다. 머릿속에서는 내가 처참하게 공에 두들겨 맞아 창피당하는 장면이 쉴 새 없이 재생되었다. 시합 시간이 다가오니 손에 땀이 났다. 어떤 방도를 찾아야 했다. 초등학생 시절 종종 써먹었던 전략을 적용해보기로 했다. 전략은 이러하다. 안과 밖 구역을 나누는 경계선에 가까이 붙어서, 마치 내가 상대편인 듯 연기하는 것이다. 선 밖에 있는 상대 팀이 우리 팀을 공격하기 위해 공을 들고 이리저리 다니다가 가까이 오더라도, 동요하지 않고 가만히 있어야 하므로 나름 담력이 필요하다. 들키더라도 가까운 거리에서 날아오는 공에 맞기 때문에 타격이 덜하다는 장점이 있다.

　전략은 성공적이었다. 상대 팀이 우세한 가운데 우리 팀은 하나둘 아웃당해 나는 최후의 2인이 되었다. 그때까지도 상대 팀은 물론 우리 팀마저 내가 아직 아웃당하지 않고 남아

있음을 깨닫지 못했다. 상대 팀 선수가 나에게 가까이 오자, 그제야 나를 발견한 친구들이 피하라는 눈빛을 보냈고 나는 얼른 경기장 안쪽으로 들어갔다.

"보선 누나 있었어?"
"보선이 있었어?"

보아라. 내 투명 인간 기술은 닌자 뺨을 쓰다듬을 정도다.

29

나는 힘없이 날아오는 공조차 피하지 못해 종아리에 그대로 맞았다. 이날의 사건은 즐겁고 스릴 넘치는 기억으로 남아있다. 아마 다른 친구들은 기억하지 못할 것이다. 나만큼 심장이 쫄깃하지도 않았을 테고 내 존재감이 희미하기도 해서다.

어딜 가나 주목받지 않았고 그래서 미움도 받지 않았다. 반면에 나는 다른 이들에게 관심과 애정이 많았다. 전혀 친하지 않더라도 관심 있는 친구가 지나가면 혼자 기분이 좋아졌고, 과자를 사다가 친구들이 야작(야간작업)하고 있는 과실에 놓아두기도 했다. 사람들에게 나는 늘 웃고 다니며 조용히 제 할 일 하는 사람으로 보였을 것이다. 이십 대 중반, 우울증에 걸렸을 때도 그랬다. "보선씨는 세상을 참 밝게 보는 것 같아요"라는 말을 듣고 머쓱하게 미소만 지었던 적이 있다. 그날 온종일 죽고 싶다고 생각했는데 말이다.

처음엔 내 의지로 이겨낼 수 있을 거라고 생각했고 그다음엔 내가 원래 우울한 인간이구나 싶었다. 뒤늦게 병으로 인지하여 치료를 시작했지만, 우울은 깊어지기만 했다. 언제 세상에서 '아웃'당할까 조마조마한 가슴을 움켜잡으며 그래도 다음 날을 맞이하기 위해 부지런히 숨을 쉬었다. 언제 꺼질지 모르는 작은 빛이 되어서 희미하게 살아가고 있었다.

보류 인간

돌탑 쌓아봤자

다양한 길을 발견하는 일

"남자가 왜 담배를 태우는 줄 알아?
자신의 한숨을 보기 위해서야."

…라고 내가 싫어하던 남자애가 말했다고 들었다. 더 싫어졌다. 지금은 나도 허세 넘치던 그가 싫다고 말할 수 있지만, 예전에는 다른 누군가를 싫어하기가 어려웠다. 사람은 누구나 불완전하고 나도 이기적이기 때문에 누구도 싫어해선 안 된다고 생각했다. 잘못도 없는 내게 짜증을 내던 친구나, 팀 과제에 뻔뻔하게 무임승차하던 녀석이나, 열정페이를 강요하며 부당한 일을 시키던 사이코 사장도 싫어하지 못했다. 일종의 강박이었다. '싫다'는 감정은 죄책감을 불러일으켰다. 그래서 나는 타인을 싫어하지 않기 위해 상대의 장점을 기가 막히게 발견하는 능력을 키우게 되었다. 한참 후에야 자신의 감정에 솔직한 친구들을 사귀며 부정적인 감정이 나쁜 것만은 아니며 그 또한 존중해야 할 내 감정임을 받아들일 수 있었다.

손해 보고도 상대를 좋아한다니 멍청이 같기도 했지만,

사람을 긍정적으로 살펴온 훈련의 시간이 나에게 남긴 것도 있다. 다양성을 좀 더 포용하게 되었다. 나와 많이 다르거나 개성 강한 사람을 봐도 놀라지 않고 '그렇구나~' 하게 됐다. 그 삶의 자취에 흥미를 느끼며 색다른 매력을 알아보는 걸 즐기게 됐다. 실제로 나는 정치 성향, 성적지향, 성격, 취향, 가치관, 종교, 삶의 배경이 모두 다른 친구들과 끈끈한 우정을 맺고 있다. 다양한 친구들과 가까이 지내니 곁에서 그 다채로운 삶을 바라볼 수 있게 되었고, '이렇게 살아도 되고 저렇게 살아도 되는구나'를 발견하고 있다. 어쩌면 나의 포용력이 넓어졌다기보다 세상의 포용력을 믿게 되었다는 표현이 더 맞다. 다수가 걷는 길을 따라 걷지 않아도 세상은 무너지지 않는다는 걸 알게 되니 선택지가 넓어진 기분도 든다.

내가 삶과 죽음을 어떻게 바라보며 사는지 글과 그림으로 지어 다른 이에게 보이는 일이, 세상에 '이런 사람도 있구나' 하는 다양성을 보태는 면에서 의미가 있길 바란다. 다른 이들도 그저 자기답게 살면 좋겠다.

생태학자 최재천 교수는 『생태적 전환, 슬기로운 지구 생활을 위하여』(김영사, 2021)에서 말한다.

말로는 다양한 목소리가 있어야 건강한 사회라고 말하지만 실제로는 모두가 한목소리를 내도록 조율한다. 우리는 일사불란함을 좋아하고 질서 정연함을 추구한다. 그래서 인간 사회에서 다양성은 저절로 만들어지는 게 아니다. 열심히 노력해야만 얻을 수 있다.

온전한 나로 살기에 방해받기 쉬운 세상이다. 하고픈 일을 하면서 살고 있다지만 여전히 나를 향한 검열을 놓지 못한다. 나와 다른 길을 더 많이 발견하고 싶다. 서로가 서로에게 엉뚱한 길을 보여주는, 조금은 이상한 길잡이가 되어주려고 '노력'하면 좋겠다.

접근 금지

죽음을 긍정하기

사이 작가님 댁 천장에는 플라스틱 넝쿨과 책갈피가 주렁주렁 매달려있다. 고양이 초코는 내 주위를 어슬렁거리다가 숨어버리고 쿠키는 나와보지도 않는다. 이내 반가운 목소리가 들린다. "보선씨!" 주방에서 그릇에 요리를 담던 사이님이 언제나처럼 나를 맞이해준다. 사이님은 나와 찰리가 빛난다며 몸 둘 바를 모를 정도로 칭찬해주곤 하는데, 맑은 얼굴로 인사를 건네는 사이님이야말로 해처럼 환하게 빛난다. 곧이어 찰리가 주전부리를 들고 도착했다. 식탁은 사이님의 월남쌈, 내가 가져온 음료, 찰리의 딸기찹쌀떡으로 가득 찼다. 우리 셋은 성격, 세계관, 개성 모두 다르지만 잘 어울려 지낸다. 우리 사이의 연결고리를 찾는다면, 그건 부정(不淨)에 대해 포용하는 방식일 것이다.

사람들은 부정하다고 여겨지는 것들, 예를 들어 죽음, 우울, 욕망 등을 꺼내 보이는 걸 금기시하곤 한다. 그리고 자신 안에 있는 부정의 요소를 발견하면 '나는 잘못된 존재일까?'라며 스스로를 타박하기도 한다. 예전에 내가 한 친구에게 '나는 삶이나 생명 자체에서 가치를 느끼진 않아.'라고 말했다가 친구의 걱정을 산 적이 있다. 삶이 주어진 것 자체에 감사함을 느끼는 친구라서, 혹여나 내가 괴로워서 그렇게 생각한 건 아닌지 걱정한 듯했다. 내가 지금 행복한가와는 별개로 내 생각이 그냥 그렇다. 세상은 아름답지만은 않고, 고통에 대해 적극적으로 직면하는 편이 좋다고 생각한다. 사이님과 찰리 또한 삶과 이어지는 죽음, 언제나 찾아오는 여러 어려움을 부정(否定)하지 않고 품어내려고 노력한다.

나의 주선으로 셋이 함께 모이던 첫날, 우리는 즐겁게 죽음을 이야기했다. 죽음이라는 단어가 오가도 이상하게 여기는 이는 아무도 없었다. 우울하지도 않았다. 나에게는 중요했지만 누구에게나 말하진 못했던 부분을 꺼내니 묘한 해방감이 들었다. 그 뒤로도 우리는 죽음 이야기를 자주 나눴는데 물론 죽음을 사유하는 방식은 다 달랐다. 살면서 동물의 죽음을 목격한 적이 많았던 찰리는 죽은 몸뚱이를 보면 그 삶이 불쌍하고 허무하게 느껴진다고 했다. 사이님은 죽음을 '살해'라고 표현했다. 자신의 의사와 상관없이 당하는 일이니 살해라는 것이다. 그래서 더 저항하게 된다고 그랬다.

나는 셋 중에 죽음을 가장 긍정적으로 여겼다. 사후세계,

신, 영혼을 믿지 않기에 죽음은 그저 완벽한 소멸이라고 생각하고 그래서 완벽하게 평온한 상태와 가깝다고 보기 때문이다. 솔직히 삶보다 더 끌렸다. 나라는 존재가 없다는 건, 삶의 기쁨이나 괴로움을 느끼는 주체가 사라지는 것이니, 삶에 대한 미련 또한 없을 것이다. 죽는 과정에서 느낄지 모를 아픔에 대한 두려움은 있지만, 그건 남은 삶에서 느끼게 될 고통보다는 사소하다고 생각한다. 그렇다면 나는 왜 죽지 않냐고? 죽을 수 없는 강력한 이유가 있기에 그저 이따금 죽음을 상상하고, 이야기할 뿐이다.

사이님이 식탁 중앙에 놓인 라이스페이퍼용 접시에 뜨거운 물을 부었다. 그러고는 나와 찰리에게 줄 것이 있다며 주섬주섬 종이 가방을 꺼냈다. 가방엔 꽃다발과 수면 양말, 편지, 과자, 향수가 들어있었다. 지난날 우리가 죽음에 대해 나눈 대화를 떠올리며 각자에게 어울리는 향으로 골랐다고 했다. 공장에서 찍어낸 같은 향수를 쓰더라도 그 사람의 체취와 뒤섞이면 고유한 향을 풍긴다고도 했다. 내가 받은 향수는 맑은 분홍색이었는데 투명하고 반짝이는 병에 담겨있었다. 향수를 머리와 온몸에 뿌렸다. 달곰하고 산뜻했다. 찰리의 향수는 도시적인데 찰리가 몸에 뿌리고 나니 깨끗하고 명

쾌한 느낌이 살았다. 사이님의 향수는 아주 엷은 향을 냈고 사이님이 입으면 다정하면서도 선선한 기운을 풍겼다. 셋이 나풀나풀 움직이니 세 가지 향이 어우러져 만들어진 새로운 향이 공간을 채웠다. 라이스페이퍼에 볶은 애호박과 버섯, 당근과 무순, 단무지를 듬뿍 담아 땅콩 간장 소스에 찍어 한 입 크게 물었다. 씹을수록 갖가지 채소의 맛과 향이 터졌다. 좋은 친구들과의 식사에선 죽음도 유쾌한 반찬이 된다.

살아남은 이유

생명의 불

어린 왕자의 상자

죽음이 무엇이든

사전에선 죽음을 '생물의 생명이 없어지는 현상'이라고 정의하고 있다. 더불어 생명은 '사람이 살아서 숨 쉬고 활동할 수 있게 하는 힘'이라고 정의한다. 생명을 정의하는 데 사람이 필요한 이유는 무엇일까. 무수한 세포로 이루어진 사람은 언제 그 존재를 상실하는 걸까. 사망 선고를 받은 이에게서 떼어낸 세포를 배양하여 키운다면 그 또한 그 사람이라 말할 수 있는 걸까. 생각할수록 나에게 죽음은 모호하게 다가온다. 그저 누군가 죽고 난 먼 훗날이 되어서야 그의 죽음을 실감할 뿐이다. 그래서 죽음이 무엇인지 고민하는 데에 집착하는 것보다, 죽음을 대하는 나의 관점이 어떤지 살펴보는 게 더 명료한 듯하다.

철학자 셸리 케이건은 『죽음이란 무엇인가』(웅진지식하우스, 2012)에서 죽음의 특징을 다섯 가지로 서술한다.

첫 번째,　　　죽음의 필연성.
　　　　　　　우리는 죽음을 피할 수 없으며 반드시 죽는다.
두 번째,　　　죽음의 가변성.

죽음에 이르기 전 수명은 천차만별이다.

세 번째,   죽음의 예측불가능성.

우리가 언제 죽을지 알 수 없다.

네 번째,   죽음의 편재성.

우리는 언제 어디서든 죽을 수 있다.

다섯 번째,   삶과 죽음의 상호효과.

죽음은 삶을 영위한 다음에 따라온다. 그러므로 우리가 주목하고자 하는 대상은 삶 자체 또는 죽음 자체가 아니라, 삶과 죽음이 조합함으로써 만들어내는 가치다.

몇 가지 특징만 보더라도 죽음을 통제하는 건 거의 불가능하다는 사실을 알 수 있다. 스스로 죽는다면 어느 정도 통제가 가능하겠지만, 대부분의 사람은 죽고 싶다는 생각이 들더라도 죽음을 향해 막연한 공포를 느끼기에 죽지 못하거나, 죽은 후 남겨질 이들에 대한 책임감으로 계속 살고야 만다. 외롭고 피곤하고 슬픈 날에도 견뎌내고야 만다.

미국항공우주국 나사(NASA)의 SNS에 우주 사진과 함께 이런 글이 게시되었다.

Remember: you are made of star-stuff and nobody can take that away.
(명심해. 너는 별의 조각으로 만들어졌고 그 누구도 그걸 빼앗아 갈 수 없다는 걸.)

우주는 빅뱅과 함께 시작되었고 그래서 모든 생명 안에는 그때 흩어진 별의 조각이 들어있다고 한다. 죽음. 끝없는 어둠의 이미지. 생명이 별이라면 죽음은 별들의 무덤이라고 불리는 블랙홀 같다. 무한의 우주마저 삼켜버릴 듯한 미지의 세계. 블랙홀과 마찬가지로 죽음에 한번 들어가면 다시 나올 수 없다. 어쩌면 우리 안에 있는 별의 조각이 우리가 블랙홀에 빠지지 않도록 굉장히 집착하는 바람에 우리가 쉽게 죽지 못하는 것일지도 모른다.

죽음을 마음대로 다룰 수 없다면 셸리 케이건이 정리한 죽음의 다섯 번째 특징에 주목하고 싶다. 죽음이 삶 뒤에 온다는 건, 사는 동안 내가 무언가 할 수 있다는 것이다. 죽고 싶던 마음이 죽음을 묻더니, 질문이 다시 삶으로 돌아왔다. 어떻게 살아야 할까? 어떻게 해야 잘 죽어갈 수 있을까? 내가 지금 잘 가고 있는지 확신도 없고 그 블랙홀이 어딘지 까

마득하지만, 죽음이 무엇이든, 어디에 있든, 어쨌든 우리는
죽기 전까지 계속 살아가야 한다.

열린 문을 나가지 못하는 사람

포옹

꿈이 건네는 이야기

꿈을 꿨다.

❶ 낡고 거대한 아파트에 갇혔다. 나는 고층으로 추정되는 어느 집 거실에 있다. 가구가 하나도 없고 벽지도 발려있지 않았지만, 나는 여기서 오랫동안 살아왔다는 걸 알 수 있었다. 네모난 창문은 모두 말끔히 깨져 있었고 그 구멍으로 내다본 하늘은 구름 한 점 없는 연회색이었다. 영화 〈쿵푸허슬〉에 등장하는 아파트처럼 건물이 디귿 모양으로 꺾여있었기에 맞은편으로 창문이 다 깨진 건물이 보였다. 거대한 회색 벽에 네모난 창문들, 그 안은 텅 빈 듯 깜깜했다.

❷ 용만큼 거대한 아나콘다가 아파트 벽을 기어오르고 안쪽까지 쏘다니면서 이웃들을 잡아먹고 있었다. 뱀이 너무 거대해서 머리와 꼬리를 한눈에 볼 수 없었고, 머리나 몸통 일부만 보였다. 나와 같은 층에 무리 짓고 있던 이웃들은, 뱀이 베란다로 언제 들이닥칠지 몰라 겁에 질려서는 기둥 뒤로 숨어보기도 했다. 뱀은 금속 느낌이 나는 어두운 회색을 띠었다. 뱀의 난동으로 건물은 콘크리트 가루 범벅이 되

었다.

❸ 갑자기 장면이 전환되고 한 정치인이 뱀에게 잡아먹혔다. 싫어하는 사람이었지만 그 순간만큼은 안타까웠다. 이웃들과 나는 쥐약을 넣은 동그란 떡을 만들었다. 다들 손에 떡을 하나씩 쥐고 건물 밖으로 나왔다. 끝없이 펼쳐진 콘크리트 땅 위에는 뱀과 이웃들과 나밖에 없었다. 한 사람씩 커다란 뱀에게 조심스럽게 다가가 떡을 먹였다.

꿈이 끝났다.

깨어있는 시간이 불안할수록 꿈은 더 선명하다. 잘하고 싶은 일들을 해내지 못해 자신감을 잃어가던 요즘이다. 꿈에서 느낀 감정이 생생하다.

Ⅰ 아파트는 나다. 이웃도 나다. 나도 나다. 꿈속에서 본 것들은 모두 내 모습이다. 건물이 커다랬다. 이것저것 다 하고 싶고 내 세계를 넓히고 싶어서 크게 지은 것 같다. 방은 많지만 모두 텅 비어 있다.

2 흐릿한 얼굴을 한 이웃들은 나를 지탱해준다. 곁에 있는 것만으로도 힘이 된다. 나의 괴로움과 내 앞의 과제들이 똬리를 틀고 나와 이웃들을 위협했다. 두려웠다. 두려워서 숨고 피하기만 했다.

3 두려웠지만 뱀과 마주했다. 싸워서 공포에서 벗어나야 했다. 무의식적으로 캐스팅한 누군가가 잡아먹힌 순간, 악순환에서 벗어날 수 있었다. 내 손에 들린 무기는 아무것도 없다. 맨손으로는 승산이 없는 것 같다. 독살뿐이다! 하지만 독이 든 떡을 뱀의 입속에 넣으려면 공포에 가까이 다가서야 한다. 하지만 이웃들 틈에 서니 어떤 희망이 차올랐다.

꿈에서 깨어나니 살아갈 용기가 생겼다.

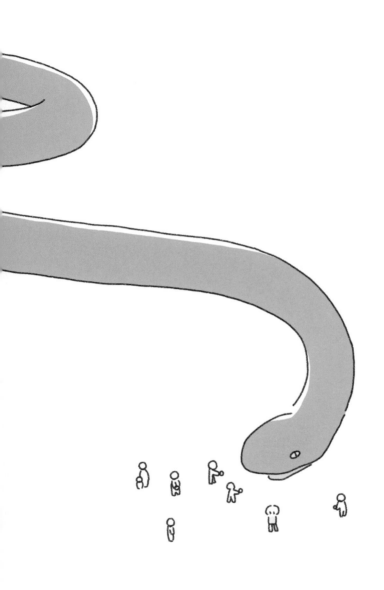

장례식을 올리자

"우리에게 주어진 가장 확실한 미래는 죽음이야.

그러니, 우리가 서로에게 할 수 있는

가장 확실한 약속은 아마 장례식일 거야."

 찰리의 말 덕분에 그날 친구들과의 대화는 풍부해졌다. 각자 삶과 죽음을 해석하는 방식이 모두 다르고 누구도 또렷한 답을 찾지 못했지만, 우리는 우리가 언젠가 이별한다는 사실은 분명히 안다.

 누군가는 떠나고 누군가는 남게 될 날이 온다. 장례식은 떠난 이에게 못다 한 인사를 보내는 시간일 수도 있고 남겨진 이들이 슬픔을 나누고 위로하는 시간이 될 수도 있다. 떠난 상대가 소중할수록 애도가 간절할 것이다. 요즘 제사상에 생전의 그 사람이 좋아하던 음식을 올리는 것처럼, 우리는 훗날 먼저 떠난 사람이 원하는 모습의 장례식을 열어주기로 하고, 각자 어떤 장례식을 꿈꾸는지 말했다. 드레스 코드가 핑크색인 장례식, 아끼던 영화를 조문객들에게 상영하는 장례식, 달달한 케이크를 자르며 춤추는 장례식…. 기존에 알던 흔한 장례식 형태를 바라는 친구는 없었다. 나도 기왕이면 평범한 장례식을 올리기는 싫다. 누구나 죽기 마련인데, 삶의 끝이 이토록 불가피하게 비극처럼 보여야 할까. 생명이 소잔했다고 하여 사람들이 나를 가엾이 여기지 않으면 좋겠다. 대신 이 거친 세상 잘 살아냈다고 손뼉 치며 축하해주는 자리면 좋겠다.

이날의 대화는 여운을 남겨, 나는 나의 장례식에 관해 더 고민하게 되었다. 장례식은 죽은 이를 땅에 묻거나 화장하는 장사를 치르는 일을 말하지만, 장례식의 핵심은 영원한 이별에 있다. 장례식이란 죽은 이와 어떻게든 연결된 사람들이 치르는 이별 의식이다. 나의 장례식이 열린다면 나를 소중히 여기거나 내가 소중하게 생각하는 이들이 올 테다. 하얀 꽃 한 송이를 건네며 인사할 것이다. 하지만 나는 부재중이기에, 사람들은 수취인 없는 편지를 부칠 뿐이다. 생각할수록 그 장례식에 내가 없다는 점이 아쉬웠다. 더구나 나는 사후세계를 믿지 않으니까 영혼이 되어 그 의식을 지켜볼 수도 없다. 그렇다면 내가 사랑하는 이들에게 이별 인사를 건넬 수 있는 가장 적절한 타이밍은 언제일까? 생의 시작을 예상하지 못했던 것처럼 삶의 일부인 죽음 또한 아무

도 예상할 수 없다. 그렇다면 살아있는 동안 영원한 이별을
위한 인사를 주고받으면 되지 않을까?

그래서 나는
내년 나의 생일날
'나의 장례식'을 올리기로 했다.

둘,

별들에게
인사

별들과 인사 나누기

사람이 좋다. 사람이 착해서 좋아하는 건 아니다. 모든 사람에겐 이기적이고 비겁하고 악한 구석이 있다. 그저 누군가가 지닌 아름다움을 보는 일이 좋다. 꼭 동그라미만 예쁘란 법은 없지. 네모도 세모도 찌그러진 원통도 나름의 멋이 있다. 나는 무엇이든 쉽게 질려서 오래 다녀본 직장도 없고 게임도 안 하지만, 사람은 질리지 않는다. 물론 지구에 80억 명이 넘는 사람이 사니, 좋아할 사람을 발견하지 못하는 일이 더 어렵겠다.

어떤 사진을 보고 떠오른 생각들로 지은 글을 읽은 분이 내 글에서는 화자가 '나'가 아니라는 점이 눈에 띈다는 평을 해준 적이 있다. 생각이나 느낌을 글로 표현할 때 감정을 느낀 주체인 '나'가 아니라 가상 인물을 세워 표현하거나 외계인을 등장시키거나 했기 때문이다. 친구들과 하는 글쓰기 모임에서도 왜인지 나 자신을 벗어나려는 기질이 드러나곤 했다.

내 글을 읽어준 친구들이 알아낸 비밀이 있다. 나도 모르는 나의 비밀. 내가 쓴 글에서는, 그 내용이 무엇이든 타인과 연결되고 싶어하는 내 마음이 드러난다고 한다. 그도 그럴 것이 나는 혼자 있어도 친구를 생각하는 글, 주변 사람을 관찰하는 글, 삭막한 사회를 걱정하는 글을 즐겨 쓴다. 나는 혼자 있는 걸 좋아하는 사람이기 때문에 내가 이렇게까지 타인과의 연결감을 필요로 하는지 미처 몰랐다. 내 무의식 속의 비밀이 독자에게 들통나버렸다.

나와 직접적으로 연결된 가족과 친구들은 나에게 더욱 큰 의미가 있다. 연락도 드물게 하고 자주 만나지도 않지만 아마 내 무의식에선 이들의 존재가 어마어마하게 클 것이다. 그들은 나를 살게 하는 존재들이다. 그래서 나의 장례식에서 이들과 이별 인사를 나누는 일이 정말 중요했다. 미리 말해두자면 감동적이진 않을 거다. 쑥쓰러우니까.

버킷 리스트 작성

    나의 장례식이 일 년 정도 남았다. 그날을 끝맺음의 날이라고 정하니 남은 시간을 괜히 더 알차게 보내야 할 것 같다. 장례식 준비는 당연하고, 이제부터 무엇을 하고 싶은지 버킷 리스트로 작성해봤다.

- ☐ 사랑하는 사람들에게 편지 건네기
- ☐ 혼자 호캉스 가서 맛있는 거 먹기
- ☐ 유튜브 채널 개설
- ☐ 집 사기
- ☐ 일러스트 의뢰받아서 작업하기
- ☐ 디지털 사진 인화하기
- ☐ 친구네 강아지와 산책하기
- ☐ 가족, 친구들과 포옹하기
- ☐ 『수학의 정석』 풀기
- ☐ 혼자 노래방 가기
- ☐ 인문학과 철학 온라인 강의 듣기

☐ 내가 좋아하는 모든 사람의 얼굴 그리기

☐ 셔츠에 넥타이 매기

☐ 일주일 동안 스마트폰 쓰지 않기

☐ 쥬라기 공원 모형 만들기

☐ 충분한 합의하에 두 사람과 (동시에) 연애하기

☐ 머리를 회색으로 염색하기

☐ 손톱에 봉숭아 물들이기

☐ 기타로 'Twilight' 완주

☐ 온전한 나로 살기

☐ 정처 없이 걷기

버킷 리스트에 넣은 일들은 아래와 같은 성격을 갖고 있다.

- 삶에서 후회를 남기지 않기 위한 중요한 일로서

  나의 핵심 가치관이 담긴 일

- 그다지 간절하지 않아서 미루고 있지만 언젠가 하고 싶은 일

- 해결하고 싶은 숙제

- 당장 오늘이라도 할 수 있지만, 적어두지 않아서

  맨날 까먹는 일

- 실행해도 만족도는 높지 않겠지만, 삶이 얼마 안 남았다면

한 번쯤 도전하고픈 일
- 실현하기 어렵겠지만 현실에서 일어나면 좋을 일

막상 적어보니 죽기 전에 하고픈 일이라고 해서 거창한 게 나오진 않았다. 되도록 재밌고 창의적인 일을 찾기 위해 머리를 쥐어짜내려고 노력하는 내 모습이 우스웠다. 평소 하고 싶던 일을 자연스럽게 적지 못하고 새롭게 만들려 하니 모순적이기도 했다. 버킷 리스트를 적으면 근사한 목록이 완성될 거로 기대했는데, 나라는 사람은 하고픈 게 별로 없다는 걸 알게 됐고 그래서 그 사실을 부정하고 싶었는지도 모른다.

'버킷 리스트'가 단순히 장바구니에 소망을 담는다는 표현인 줄 알았는데, 알고 보니 어떤 방식의 죽음에서 유래한 말이었다. 중세 시대에는 교수형을 행하거나 자살할 때, 높은 곳에 목을 매기 위해 양동이(bucket)에 올라선 후 그 양동이를 걷어차 죽이거나 죽는 방법을 많이 사용했고, 여기서 죽거나 자살한다는 뜻의 '양동이 걷어차기'(kick the bucket)란 속어가 만들어졌다. 버킷 리스트(bucket list)는 바로 이 버킷(bucket)에서 나왔다고 한다. 누가 먼저 이 용

어를 만들어 사용했든 세상의 많은 사람들이 죽음을 마주 보는 마음으로 버킷 리스트를 쓰고 있다. 남은 날을 미련 없이 살기 위한 이름 모를 사람들의 의지가 느껴진다. 아마 나도 그런 거겠지? 삶을 잘 살고 싶다는 의지가 있는 거겠지?

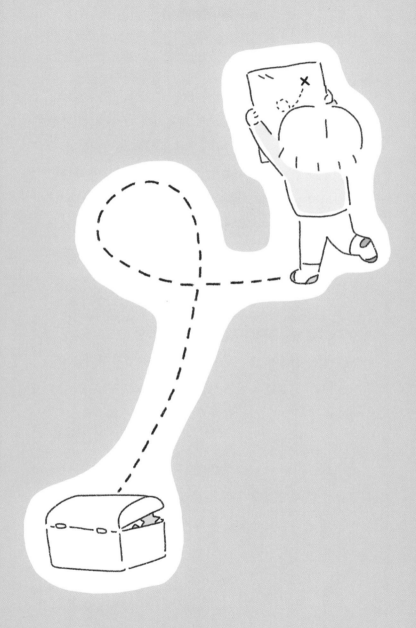

누구를 초대할까

　나의 장례식은 온라인으로 열 계획이다. 돈이 없기 때문이다. 마음 같아서는 멋진 야외 공간을 빌려서 맛있는 음식을 차려두고 즐거운 파티를 열고 싶지만, 그러려면 대출이라도 받아야 할 것이다. 처음 장례식이라는 이별 의식을 떠올렸을 땐 현실화하기 어렵다고 생각해서 만화로 그려볼까 고민도 했다. 대충 이런 대사를 읊으며 친구들과 인사를 나누는 모습을 상상했다.

　"(케이크를 덜어주며) 와줘서 고마워. ○○아."
　"(꽃다발을 건네며) 보선아, 축하해. 넌 정말 멋진 아이였어."
　"멋지다고? 인정할게. 남은 시간도 멋지게 보내야지."
　"좋아!"

　아무래도 이런 건 곤란했다. 내가 듣고 싶은 말이 아니라, 친구들의 진짜 목소리가 듣고 싶었다. 이도 저도 못하고 있는 와중에 온라인에서라면 내 자본으로도 충분히 실현할 수 있음을 깨닫고 이렇게 장례식을 준비하게 되었다. 장례식장을 웹사이트로 짓고, 장례식은 유튜브 라이브 방송으로 진행할 것이다. 여러 준비가 필요하겠지만, 무엇보다 먼저 손님을 초대하는 일을 고민해봤다. 누구를 초대할까. 나를 좋아하고 존중해주는 사람이면 좋겠다.

엑셀 시트에 지인 이름을 가나다순으로 나열해보니 그 이름마다 인연이 닿은 시점이 제각각이었다. 삶 어느 지점에서든 나는 멈추지 않고 누군가를 만나왔구나 싶어 고맙게 느껴졌다. 누군가에겐 의미 없는 자음과 모음일지라도, 나에게 이들의 이름은 그와 함께한 시간을 불러일으키는 주문처럼 들린다. 중요한 이름을 누락하지 않도록 연락처를 찬찬히 살펴보며 정리했다. 친척을 제외하고 몇 십 명 되었다. 원래는 나의 장례식에 형식적으로 방문하는 사람은 없길 바랐는데, 나를 그리 안 좋아하는 사람이 와도 괜찮으니 장례식이 붐비면 좋겠다고 생각했다. 가짜라도 인기쟁이처럼 보이고 싶었다.

그렇지만 모두에게 초대장을 보낼 순 없었다. 애매하게 가까운 이들에게 부담을 주면서 초대장을 건네고 싶지 않았다. 그리고 내가 진짜로 죽는 게 아니라는 점이 걸렸다. 나는 높은 확률로 장례식 이후에도 살아갈 것이다. 이번 장례식은 내가 반드시 맞이할 죽음을 직면해보는 기회이자 사랑하는 이들에게 마음을 전할 수 있는 의식이다. 나의 장례식에선 흐느낌보다는 따스함이 흐르고 손님들은 조문객이 아니라 하객이 되며 조의금 대신 축하의 말이 모일 것이다. 하지만 이것은 삶과 죽음을 이해하고 싶은 나만의 방식이다. 사람들은 모두 다르게 죽음을 대한다. 어떤 이에게 죽음이나 장례식은 곧 비극일 수 있다. 특히 근래에 어떤 식으로든 사별한 이들에게 나의 장례식이 그들의 괴로움을 가벼이 여기는 일로 비칠까 봐 우려되었다. 나는 진지하다고 해도 그 마음이 왜곡되어 누군가에게 상처를 줄 수 있다면, 그에게 내 방식을 강요하고 싶지 않았다.

이런 나에게 열려있다고 예상되는 이들에게 초대장을 보냈다. 온라인 장례식에선 서로 체온을 나눌 수 없지만, 같은 시간에 모두가 모이기 때문에 온기를 상상할 수 있을 거라 기대해본다. 약간 긴장되고 설렌다.

몽글몽글 덩이진 우리

오늘은 버킷 리스트에서 두 항목을 클리어한 날이다. 먼저 넥타이를 매봤다. 넥타이는 내가 아끼는 셔츠와 색상 온도가 비슷해서 둘이 아주 찰떡처럼 어울렸다. 글쓰기 모임을 위해 늘 가던 카페로 향했다. 저번에 방문했을 때 문을 닫는다고 하여 폐업하나 걱정했는데, 다행히 카페를 리뉴얼하기 위해 일시적으로 휴업한 것이었다. 카페 문에 이런 팻말이 달려있었다. '그랜드 오픈'. 테이블이 열 개 정도 있는 크지 않은 카페였고 입구에 풍선 하나 매달아두지 않아서 웅장하고 장려하다는 뜻을 지닌 '그랜드'(grand)라는 말이 너무 어색했다. 나는 '아, 이것은 마음이 그랜드하다는 것인가'라고 생각하며 카페 운영자의 의중을 어렴풋이 더듬어봤다.

마리아도 곧 도착했다. 마리아는 무릎을 굽혀가며 넥타이 차림의 나를 열정적으로 찍어주었다. 그리고 얼마 지나지 않아 늘 그랬듯 히히와 준이 한 세트로 들어왔다. 나란히 같은 방향을 보며 걸어와 나와 마리아의 맞은편 의자에 앉았다. 근황을 나누고 커피를 홀짝인 후 글쓰기 모임을 치열하게 진행했다. 네 사람의 글을 감상하고 피드백을 주고받는 데에 보통 세 시간은 필요하다. 글의 완성도와 문학적인 아름다움을 높이려는 의견을 나누기도 하지만, 글에 담긴 생각을 확장하여 대화를 이어가기도 한다. 우리는 서로를 한 글자씩 차곡차곡 이해해가고 있다. 생각과 마음을 나누다 보면 저마다의 영역이 넓어져 중첩되는 느낌도 든다. 밀도 높은 대화로 채워진 모임이 끝나면, 체력이 소진됨과 동시에 개운함이 찾아온다. 카페 밖으로 나오니 깜깜한 밤이 제법 쌀쌀했다. 올 초에 모임을 처음 시작하여 가을이 되었으니 꽤 오래도 이어가고 있다. 마리아, 히히, 준과 친해지기 전의 밤하늘이 떠오른다.

마리아의 경우, 글쓰기 수업 후 선생님과 학생들이 함께 전을 먹으러 가던 밤이 생각난다. 홍대 주차장 내리막길을 걸으며 마리아와 대화를 나눴다. 피부가 하얀 그는 온통 검게 입고 있었고 차분한 음성에 진지한 인상이 커서, 그때는 이렇게 장난꾸러기인 줄 몰랐더랬다.

히히와 준을 떠올리면, 히히가 자신의 연인인 준을 처음 소개하던 밤이 생각난다. 히히와 본격적으로 알고 지낸 지

얼마 되지 않았을 뿐 아니라 히히, 준, 나 모두 내성적이라 사실 그 자리가 어색했다. 집에 가고 싶었는데 간다고 말하면 너무 정이 없어 보일까 봐 언제 집에 간다고 말해야 하나 속으로 고민했었다.

세월이 흘러 또 까만 밤이 되었고, 우리 넷은 함께 길을 걷고 있다. 지하철역에서 헤어지기 전 나는 친구들에게 말했다. 버킷 리스트가 있는데 같이 해주면 좋겠다고. 그건 바로 함께 포옹하는 것이라고. "포옹해줘야 해." 친구들에게 가볍게 강요했다. 넷이 한데 모여 둥글게 안았다. 준은 부끄러워했지만 싫지 않은 기색이었다. 거기에 더해, 마리아가 이번엔 파이팅을 제안했다. 준은 한층 더 난감해했지만 우리를 따를 수밖에 없었다. 후훗. 손을 가운데로 모았다가 하나, 둘, 셋, 파이팅! 하며 들어올렸다. 신이 나서 조잘대는 나와 마리아, 머쓱해하는 준, 그 가운데에서 은은한 미소를 짓고 있는 히히. 히히는 오버사이즈 점퍼에 파란 모자를 눌러 쓰고 있어서 마치 우리 팀의 리더처럼 보였다.

"끝까지 간다!"

어디로 뭘 어떻게 끝까지 간다는 것인지 밑도 끝도 없는 말을 내뱉고는, 히히와 준은 하행선을 타기 위해 오른쪽으로 향하고, 나와 마리아는 상행선을 타기 위해 왼쪽 에스컬레이터를 올랐다.

☑ 셔츠에 넥타이 매기
☑ 가족, 친구들과 포옹하기

가장 좋아하는 노래

누구라도 그러하듯이
창가에 앉아 하늘을 본다
떠다니는 구름처럼 날아가는 새들처럼
내 마음도 부풀어가네
- '누구라도 그러하듯이' 中

　유소이님이 부른 '누구라도 그러하듯이'는 내가 가장 좋아하는 노래다. 학창 시절 '한 곡 반복'으로 온종일 들었고 노래방에 가서도 꼭 부른다. 적당하게 가라앉은 멜로디에 인생 이야기가 담긴 가사까지 좋다. 어느 날은 지난 얼굴들을 그리워하고 어느 날은 잃어버린 꿈들에 눈물 흘리고 어느 날은 사랑을 느끼는 지극히 평범한 삶을 말한다. 내 인생에서 주인공은 나일 테지만, 세상에서 나만 특별한 것이 아니고 누구나 다 이렇게 살아가고 있다는 걸 잘 알고 있는 태도가 마음에 든다. 모두가 주변인이자 주인공이 된다. 특별하지 않아서 별로인 게 아니라, 특별하지 않아서 위로받을 수 있는 것이다.

'누구라도 그러하듯이'를 처음 부른 가수는 따로 있고, 이 곡을 다시 부른 다른 가수들도 많지만 나는 유소이님이 부른 버전이 제일 좋다. 소이님 특유의 고운 음색도 아름답고, 가사처럼 창가에 앉아 하늘을 보며 부르듯 화려한 기교를 자제한 톤도 좋다. 소이님은 'ㄱ, ㄷ, ㅂ, ㅍ, ㄲ, ㅋ…' 따위의 파열음도 부드럽게 터뜨린다. 노래를 듣고 있으면 도자기 그릇을 입에 대고 미지근한 물을 마시는 느낌이 든다.

그래서 나의 장례식을 계획할 때, 아무 고민 없이 장례식 장 배경 음악은 유소이님의 '누구라도 그러하듯이'가 되어야 한다고 생각했다. 해당 음반 회사에 연락해서 음악의 저작권 과 사용권이 모두 소이님에게 있다는 걸 알게 됐고, 나는 소 이님에게 메일을 보냈다. 천 번 넘게 노래를 들으며 쌓아온 팬심을 담고, 나의 장례식장에서 노래를 틀어도 될지 조심스 럽게 여쭤봤다. 소이님이 흔쾌히 허락해주어서 나는 꿈 하 나를 이루게 되었다. 나중에는 소이님과 카톡도 나누게 되었 다! 나 같은 사람이 바로 성덕(성공한 덕후) 아닐까.

장례식장에 노래를 걸어두고 나니 컴퓨터로 다른 작업을 하다가도 괜히 들러보며 한 번씩 듣게 된다. 그날 찾아주는 '하객'들도 이 노래를 들어주면 좋겠다. 우연히 들은 4분 여 짜리 음악에 애정이 생겼고, 이 꾸준한 애정이 내 삶에 남기고픈 의미가 되었다.

| 누구라도 그러하듯이 - 유소이 | 🔍 |

위로하는 만화

우울을 다룬 논픽션 만화를 만드는 중이다. 다사다난한 여정을 거쳐 원고가 그려지고 있다. 이 원고는 처음엔 소설로 시작했다.

모모의 눈물은 특유의 짭짜름하고 쌉싸름한 냄새를 풍기며 머리 양쪽 아래 작은 웅덩이를 만들었다. 모모에게서 너도밤나무 열 그루 만큼 떨어진 곳, 그러니까 지평선이 흐릿하게 끝나는 곳 부근에 눈물 냄새를 기막히게 좋아하는 꽃 한 송이가 피어있다. 이 꽃은 사람이든 기억이든 눈물이 젖은 것이라면 사정없이 몽땅 삼켜버린다.

우울증에 걸린 모모와 덤덤이가 서로 도우며 치유해가는 이야기를 그리고 싶었다. 이 이야기는 '소설 → 픽션 만화 → 삽화가 들어간 에세이 → 만화가 들어간 에세이 → 논픽션 만화'로 형식을 다섯 번 바꾼 후 정착했다. 머릿속에서만이 아니라 실제로 원고를 그려가며 형식을 고민하다 보니 여기까지 오는 데만 이 년이 걸렸다. 만화로 정한 후에도 고민이 끝난 건 아니다. 이 이야기를 왜 하고 싶은지 돌아보며, 무엇을 담는 것이 가장 적절할지 궁리한다. 책 짓는 일이 사는 일과 비슷하다고 생각했다. 원하는 바를 이루기 위해 전략을 세우고, 실패하면 전략을 변경해서 나아가길 반복한다. 그런 생각을 잠시 하고는 다시 만화를 붙잡아본다.

최종 만화에서, 모모와 덤덤이는 합쳐져 '모모'라는 이름의 생명체로 살아남게 되었다. 수풀덩어리처럼 생겼다. 내가 우울해하고 있으면 옆에서 방구를 '뿡' 뀌는 앙큼하고 도도한 녀석이다. 아직 모모와 어떤 페이지를 쌓아갈지 작가인 나도 알 수 없지만 한 컷 한 컷 그려갈수록 모모에게 정이 든다. 나를 보살피는 모모라는 존재를 이야기에 세우니, 내가 평소에 나에게 얼마나 가혹했는지 느끼고 있다. 모모는 나와 거리를 둔 채 내 상태를 살피며 인생이 끝난 듯 절망하는 건 과한 걱정이라고 말해준다. 만화를 그리는 일이 어째 나를 치유하고 있는 듯하다.

유언 쓰기

삶은 유한하여 허무함을 느끼기 쉽다. 열심히 깎아 만든 얼음 조각들로 멋진 축제를 열더라도 봄의 온기가 닿으면 흔적도 없이 녹아 사라지듯, 생은 흙으로 돌아가기 마련이다. 축제가 막을 내리면 앙코르를 외칠 수도 없다. 유언 남기기는 삶의 유한성을 극복하려는 시도이다. 유언이란 삶이 끝난 후에야 힘을 얻기 마련이니까. 살아가는 시간 자체가 유언이 되기도 하지만, 유언을 기록으로 남기면 죽은 후에도 내 의지를 세상에 반영할 수 있다. 물론 유언을 전달받은 이의 행보에 따라 다르다. 소설가 프란츠 카프카는 친구에게 자신의 모든 원고를 불태워달라는 유언을 남겼지만, 그 친구는 카프카의 원고를 모두 보관해두다가 세상에 나올 수 있게 했다. 카프카가 좀비가 된다면 아마 그 친구를 먼저 뜯어먹지 않을까 싶다.

나도 유언을 썼다. 반드시 이루고 싶은 것이 없어서인지 나눌 재산이 별로 없어서인지 생각보다 어렵지 않았다. 나의 가장 오래된 친구 서하를 증인으로 세워 유언을 유튜브 라이브 영상으로 기록했다.

"시작된 건가요?" 눈동자를 어색하게 굴리며 서하와 인사를 나누고 미리 적어둔 유언을 낭독했다. 카메라 앞에서 혼잣말하는 게 민망했지만 재미있기도 해서 낭독을 마치고도 서하와 좀 더 놀았다.

"안녕히 잘 있어. 안녕히 계세요. 모두 안녕히 계세요."

시청자는 오직 서하 한 명이었지만, 세상 모든 사람에게 이별 인사하듯 양손을 흔들었다. 유언은 장례식장에 텍스트로도 남겨두었다.

유언이라 하면 완벽하게 작성해야 할 것 같았는데, 그저 내 방식대로 남기면 되는 거였다. 물론 법적 효력이 있으려면 몇 가지 조건만 갖추면 된다. 삶을 돌아보며 유언을 쓰면, 내게 무엇이 중요하고 간절한지 살펴보게 되는 듯하다. 그 무엇을 돌보기 위해서, 유언에 미처 담지 못한 나의 마음들은 살아있을 때 행동으로 남겨야겠다고 생각했다.

내 삶의 이유

사랑하는 엄마와 사랑하는 아빠에게.

덕분에 행복하게 살고 있어.

고맙고, 건강하자!

부모님께 꽃다발과 함께 장례식 초대장과 작은 카드를 드렸다. 유독 가족에게는 사랑한다는 말을 하기 어렵다. 찌개를 먹으며 '감자가 잘 익었네' 하거나 새 옷을 보고 예쁘다고 하거나 등산 사진이 멋지다고 말하는 식으로 항상 간접적으로 표현해왔다. 사랑을 건네는 방식에 정답은 없다고 생각하지만, 카드에 투박하게라도 적어보고 싶었다. 엄마 아빠는 장례식이라는 요상한 프로젝트를 진행하는 딸을 이상하게 보거나 타박하지 않으셨고, 그냥 뭐 알아서 하겠거니 하며 큰 관심 없이 지켜봐주셨다.

우리 가족은 59년생 영식, 65년생 혜경, 90년생 보선, 91년생 동준으로 구성되어 있다. 너무 당연하게도 부모님은 나의 탄생에 관여했고, 내 인생 처음부터 지금까지 함께하고 있다. 동생은 내가 태어난 후 일 년 반 뒤에 나타났기에 이 녀석도 꽤 오래 나를 지켜보고 있는 셈이다.

영식은 우리 아빠다. 아빠는 내가 실제로 만나본 중에 가장 성실하게 쉬지 않고 일하는 사람이다. 아침부터 저녁까지 일하고 밤에 술을 마시더라도 다음 날 새벽 네 시에 일어나 등산하고 목욕탕까지 들른 후 다시 일하는 사람이다. 성격이 급해서 함께 외출하려고 하면 나와 엄마가 옷을 다 입지도 않았는데 신발을 신고 나가 엘리베이터 버튼을 누른다. 서른이 넘은 나를 아직도 '공주'라고 부르곤 한다. 옷 쇼핑을 싫어해서 엄마가 사다 주는데, 검은색, 어두운 회색, 남색만 입는다.

혜경은 우리 엄마다. 엄마는 주부이며 가끔 아빠 일을 돕는다. 아빠와 함께 새벽에 산에 다녀오기도 한다. 김치를 잘 담그고 아빠가 김치 괴물이라서 집에 김치냉장고만 세 대를 들인 사람이다. 자연의 아름다움을 가장 잘 느낀다. "너무 예쁘지 않니." 아파트 단지에 심긴 나무가 싹을 틔우고 열매를 맺으며 달라지는 모습에 매일 진심으로 감탄한다. "어머 이거 시골 열무인데!" "응, 이거 시장에서 샀어요." 버스정류

장에 나란히 앉은 할머니와도 열무 이야기를 즐겁게 나눌 정도로 친화력이 좋다.

동준은 내 동생이다. 가족 중에 가장 모르겠는 인물이다. 대학 졸업 후 쭉 미국에서 일하기도 했고 가끔 문자를 나눠도 주식 얘기뿐이다. 내가 '똥'이라고도 부르는 동준은, 재밌고 신선한 일을 하며 살고 싶어 한다. 그 일이 구체적으로 무엇인지는 아직 똥도 찾아가고 있는 것 같다. 친절한 것도 같다. 함께 버스 여행을 했을 때, 그 버스에서 물건을 잃어버린 낯선 사람을 돕기 위해 직접 택시를 부르고선 기다려주기도 했다.

나는 딸이자 누나다. 사회적으로 기대되는 딸이나 누나 역할은 못하고 있다. 가족과 함께 맛있는 식사를 하고 마음속으로 응원하고 가끔 쥐꼬리만 한 용돈을 드리는 것 정도. 사람을 좋아하고 사회성도 괜찮아서 누구와도 쉽게 친구가 되는 편이다. 체력이 저질이라 가족을 포함한 주변인들의 도움을 많이 받는다.

우리 넷은 서툴고 불완전한 인간이기에 지독하게 싸우기도 하지만, 평범한 나날을 보내며 잘 지내는 편이라고 생각한다. 어느 날인지도 모르지만 내 마음속 우리 가족의 모습은 이렇게 그려진다. 늦잠을 자고 퉁퉁 부은 얼굴로 방에서 나오면, 아빠는 이미 출근했고 엄마는 집안일하고 똥은 아직 꿈나라 속이다. 부엌엔 아침에 끓인 국이 놓여있다. 혼자 밥을 차려 먹고 대충 낮 시간을 보낸 후 저녁이 되면 함께 둘러 앉아 식사한다. 내가 학생일 때나 회사에 다닐 때나 자취하며 프리랜서로 살아갈 때나 가족이 주는 느낌은 한결같다. 깊은 고민이나 강렬한 열정 따위 나누지 않지만, 나는 안다. 가족은 누구보다 서로의 아픔을 깊이 나눌 수 있는 사이고 내가 어떻게 변하더라도 늘 그 자리에 있을 거라는 걸.

나 자신이 뜬구름 같다고 자주 느낀다. 열심히 키보드를 두들기며 글을 쓰다가도 갑자기 덮쳐오는 덧없음에 의지의 윤곽을 상실하고 만다. '후' 불면 사라질 허접한 구름이 되어 현실에 발을 붙이지 못하고 둥둥 떠다니곤 한다. 가족의 절대적인 헌신과 사랑은 이런 나에게 무게를 실어준다. 질량을 얻은 나는 삶을 또 선택한다. 영식과 혜경과 동준은 내가 살아가는 이유다.

짧은 소설

파티션 너머로 유독 머리가 검은 사람이 보인다. 두 해 동안 지켜본 바로, 그는 매일 검은 옷을 입는다. 단정하게 다려진 바지와 깔끔한 셔츠, 무난한 가방. 업무가 겹치는 일도 없고, 조금 창백한 표정을 짓는 그가 어려워서 탕비실에서 마주치더라도 인사만 나눌 뿐 대화해본 적이 없다. 그런데 오늘 그에게 말을 걸어보기로 했다.

"커피는 달게 드시나요?"

"아… 네."

"왠지 블랙커피만 드실 것 같았어요. 검은색 좋아하시니까."

"먹는 건 다 잘 먹어요. 빨간 것도 좋고 파란 것도 좋고."

"파란 거요? 파란 거?"

"…그냥 한 말이에요."

나름 유머를 선보인 것 같았는데 너무 긴장한 나머지 머릿속에서 파란 음식을 찾다가 첫 대화를 망쳐버렸다. 예상

보다 재밌는 사람일 거란 생각이 들어서 좀 더 질척거리기로 했다. 계획되지 않은 듯 자연스럽게 마주할 수 있는 장소는 탕비실과 퇴근길 두 곳뿐이다. 퇴근 후 저벅저벅 따라가 말을 붙였다. 다행히 경계하지 않고 말을 받아주었다. 가는 방향은 달랐지만 내가 그쪽 근처에 볼일이 있다며 따라 걸었다. 팔꿈치가 거의 닿을락 말락 가까이 붙어 걸었는데, 아무래도 나는 지금 주책을 부리고 있는 것 같다. 바람이 불더니 '푸스스' 소리를 내며 길가의 모든 나무가 흔들렸다. 그의 적막한 체취와 여름 풀 내음이 섞여 묘한 향이 났다. 회사에 대한 불만이나 업무 이야기를 나누고 있는데 콧잔등에 빗방울 하나가 떨어졌다. 등 뒤에서 빗소리가 몰려오더니 이내 머리 위로 비가 쏟아붓기 시작했다. 나와 그는 작은 손바닥으로 무엇도 가리지 못한 채 그의 집까지 달렸다. 그가 옷과 우산을 빌려준다고 한다.

"어, 그럼 실례해요."
"네. 편하게 들어오세요."

그는 불을 켜고는 바로 안방에 들어갔다. 예술가의 방처럼 무드가 있을 줄 알았는데 집은 평범하고 깔끔했다. 집주인이 안 보이니 거실 한가운데까지는 들어가지 못하고 현관 근처에서 두리번거리고 있었다. 음? 향의 향이 났다. 안방에 있는 그가 들을 수 있도록 조금 또렷하게 물었다.

"향이 나네요?"
"네. 조금 시간이 걸려서, 들어오셔도 돼요."
"네!"
"집에 돌아오면 향을 피우거든요. 음… 이상하게 생각하진 마요."

반들반들한 나무 재질의 서랍 위에는 향이 꽂힌 향로, 사탕 한 주먹, 아무 이름도 적혀있지 않은 위패, 마른 꽃 한 송이가 놓여있었다. 그는 방 한쪽에 작은 애도 공간을 두고 매일 향을 피운다고 했다. 누구를 애도하냐고 묻자, 매일 일어나는 수많은 죽음과 괴로움을 애도한다고 했다. 처음엔 뉴스에 실린 사건을 보고 그 피해자를 애도하기 위해 시작했지만 이내 세상에 끔찍한 일들이 가득하다는 걸 알게 되자 죄악감이 들었다고 했다. 매일 검은 옷을 입는 것과 향을 피우는 것은 그래서였다. 그는 무너지지 않기 위해 더 적극적으로 슬퍼하고 있었다. 나는 눈을 감고 그와 그가 애도하는 존재를 위해 기도했다.

아주 생경한 감각

살아있을 때 하는 장례식이라고 했지만, 사실 4월 12일이 되기 전에 내가 죽지 않으란 법은 없다. 문득 '적어도 장례식까지는 살고 싶다'고 생각했다. 이 생각을 떠올리고 혼자 놀랐다. 살고 싶다? 살고 싶다는 마음이 든 게 처음이었기 때문이다. 죽으면 안 된다는 마음은 있었지만, 순수하게 삶을 갈망해본 적은 없었다. 언제나 삶의 의지를 타인에게서 얻었고 그 의지는 소망보다는 의무와 가까웠다. 살고 싶다는 마음이 너무나 생경했다.

내가 나의 장례식을 열 수 있는 미래를 원한다. 몇 개월간 노력해 만든 자리에 사람들이 머무는 시간을 기대한다. 내가 바라는 미래가 있고, 그 미래에 내가 있을 수 있다는 믿음이 희미한 욕구를 불러일으켰다. 삶의 의지란 어떤 신성한 가치에서만 오는 것이 아니라, 개인의 소소한 욕망에서도 나올 수 있나 보다. 마치 온라인 쇼핑을 한 후 택배가 도착할 때까지 기다려야 선물 받는 기쁨을 맛볼 수 있듯, 내가 좋아

하고 기뻐할 시간을 경험하기 위해선 기다려야 하는 것이며
그 기다림 자체가 삶일지도 모른다.

마지막 버킷 리스트

요즘 내 하루는 성급하게 흘러가고 있다. 느긋하게 명상하듯 준비할 수 있을 거라 기대했는데 그러기가 어려웠다. 삶은 그리 쉽게 우리에게 시간을 내어주지 않는다는 사실을 받아들여야 했다. 정신없이 시간이 빠르게 흘러, 생의 마지막 날을 맞이하게 된 내 모습을 상상해본다. 잔뜩 주름진 손으로 여전히 글과 그림을 지을 것 같다. 나는 늙어 있다. 생각보다 먼 미래다. 다른 친구 할머니 할아버지와 악수를 나누고, 침대에 누워 기다리겠지. 마지막에 무엇이 가장 허무할까? 사랑도 안 허무하고 돈도 안 허무할 것 같다. 그 순간까지 내가 나를 혐오하는 것보다 더 덧없는 게 없겠다 싶다. 쪼글쪼글 할머니가 되어 죽음을 마주한 나를, 있는 그대로의 나를 받아들이고 싶다. 마지막 버킷 리스트를 정했다.

☑ 나를 사랑하기

72시간 동안의 인사

안녕	안녕	안녕	안녕	안녕	안녕
안녕	안녕	안녕	안녕	안녕	안녕
안녕	안녕	안녕	안녕	안녕	안녕
안녕	안녕	안녕	안녕	안녕	안녕
안녕	안녕	안녕	안녕	안녕	안녕
안녕	안녕	안녕	안녕	안녕	안녕
안녕	안녕	안녕	안녕	안녕	안녕
안녕	안녕	안녕	안녕	안녕	안녕
안녕	안녕	안녕	안녕	안녕	안녕
안녕	안녕	안녕	안녕	안녕	안녕
안녕	안녕	안녕	안녕	안녕	안녕
안녕	안녕	안녕	안녕	안녕	안녕

나의

장례식

bosunproject.wixsite.com/bosun-funeral

나의 잠자리

D-3

일어나자마자 전신 거울을 닦았다. 거울엔 손도 안 대고 썼는데 얼룩이 가득했다. 미세먼지가 심한 날 창문을 열어 뒤서 그런지 먼지 알갱이가 점묘화처럼 거울에 끈끈하게 붙어있었다. 젖은 걸레로 한 번 닦아낸 거울은 먼지와 물이 뭉개져 뿌옇게 되는데, 마른 신문지로 '뿌이꾸 뿌이꾸' 소리내며 문지르다 보면 어느새 매끈하고 맑은 유리가 나타난다. 거울의 해상도가 높아졌다.

집을 청소하기로 한다. 청소기를 돌린 후 깨끗한 걸레로 가구나 창틀을 밀고, 후줄근한 걸레로는 바닥을 훔쳤다. 침대 아래에 쌓인 먼지도 걷어낸 후, 화장실 청소를 끝으로 마무리했다.

D-2

4월 12일은 내 생일이기도 해서, 가족과 밥을 먹기 위해 부모님 댁으로 내려갔다. 고모도 와 있었다. 고모는 검은 단발머리가 잘 어울리는 어른이다. 고모 댁에 놀러 가면 비건인 나를 위해 만찬을 요리해주곤 한다. 미국에 있는 동생을 제외한 가족이 모여 식사를 시작했다. 미역이 부들거릴 때까지 끓인 미역국을 먼저 들이켰다. 자취하면서 국물 요리를 제대로 하지 못했는데, 간만에 맛있고 뜨끈한 국물을 만나니 속이 풀리는 듯했다. 시금치, 당근, 양파, 버섯이 들어간 잡채는 윤기가 촬촬 흘렀다. 쌀밥은 조금만 먹고 잡채를 많이 먹었다. 우리 가족은 구성원의 생일이라고 해서 기분의 고저가 특별히 달라지지 않기에, 평소처럼 소박하게 시간을 보냈다. 장례식 전 마지막 만남이지만, 모든 이별이 그렇듯 끝이 아닐 거라는 생각이 들었다.

혼자 사는 집으로 돌아가기 위해 전철을 탔다. 당산역에서 합정역으로 건너가는 구간, 한강이 보이는 창밖 풍경이 좋아 얼른 사진을 찍었다. 마음을 채우기에 충분한 풍경이다. 정해둔 시간이 다가올수록 일상을 느끼는 감각이 세밀해진다. 잔잔하게 흔들거리는 푸른 한강을 보면서 '한강은 푸르고, 나는 한강을 보고 있구나'라고 인지하고 있다. 지금 여기에 머무는 몸가짐 자체가 명상이라고 누군가 그랬다.

게으르고 싶어져 게으르게 보낸 하루다. 온종일 누워서 작은 스마트폰으로 애니메이션을 봤다. 계속 누워있다 보니 눈알은 무겁고 머리는 지끈거렸다. 기분이 참 탁했다.

생의 마지막 날이란 삶의 가장 빛나는 순간은 아닐 것이다. 가장 화려하거나 가장 기쁘거나 가장 또렷한 순간도 아닐 것이다.

저녁으로 배달시킨 카레를 떠먹으며 내일의 이별을 생각하니, 손끝에 작은 긴장감이 돋아났다.

D-day

오늘이다!

태어난 날이자 죽는 날이다.

아침에 깼을 때 빠르게 눈꺼풀이 열리긴 했지만, 바로 일어나지 않고 이불 속에 좀 더 머물렀다. 시계도 안 보고 뭉그적거리다 몸을 일으켰다. 한동안 날씨가 맑더니 오늘은 흐리고 비가 내린다.

이슬비가 내리는 오늘은

사랑하는 그대의 생일날

온종일 난 그대를 생각하면서

무엇을 할까 고민했죠.

- 'Happy Birthday To You' 中

들뜬 기분으로 생일 축하 노래를 들었다. 하늘이 파랗지 않고 온통 하얘서 거대한 판 조명이 땅을 비추는 듯했다. 방금 들은 노랫말처럼 그대이자 나에게 무엇을 해야 좋을까 고민했을 때 바로 답이 떠오르진 않았다. 다행히 일주일 전부터 최후의 만찬 메뉴를 골라둔 덕분에 출출한 배를 이끌고 어디로 갈지는 고민하지 않아도 되었다. 합정동 식당에서 시금치 뇨끼와 오미자 에이드를 먹었다. 근처 카페에서 말차 케이크 두 조각도 포장했다. 사장님이 하얗고 작은 꽃을 포장 봉투에 얹어주었다.

아직 할 일은 많지만 편안하다.

나의 장례식

116

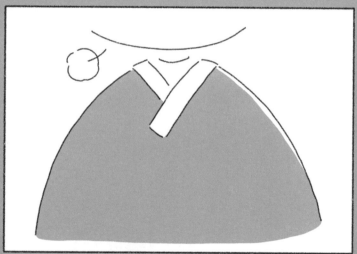

117

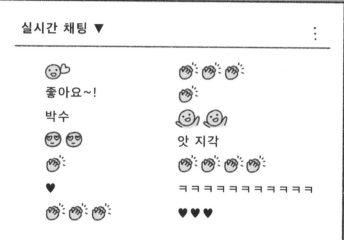

120

우리는 삶과 죽음의 선택지 앞에서
계속 삶을 선택하고 있잖아요.

'죽음을 어떻게 받아들여야 할까'
예전부터 고민했어요.

121

이별은 슬프죠.

그러나 다른 이들이 죽은 저를
불쌍하게 보지 않았으면 좋겠어요.

이런 저의 바람을 죽은 후에는 전할 수 없죠.

어떤 마음이든,
살아있는 동안에 전하고 싶었습니다.

123

끝이 있다는 건 왜 슬퍼야 할까요.
저는 끝이 없는 게 더 두려울 거 같아요.

내 시간이 영원히 끝나지 않는다?
감당하기 어려운 무서운 일이에요.
그렇다고 언제까지 살아야 적당할지도 의문이고요.

삶에 충만함을 느끼는 기준은 주관적이지만
저는 지금 충만합니다.

여러분, 잘 지내시고요.

125

127

장례식을 마친 다음 날 일정이 어떻게 되나요?

개인적인 일정은 일부러 생각하지 않았어요.
하지만 민망하게도 내일 이후로
의뢰받은 그림 작업을 해야 해요.

어떻게 그렇게 참신하고 엉뚱한가요?

저는 뭐든 쉽게 질려 하는 성격이고
남들과 달라야 한다는 강박이 있었어요.
어렸을 때부터 쉽게 떠오르는 아이디어는 고르지 않았고,
어떻게 하면 뻔하지 않을까 고민해왔는데 그게 훈련된 듯해요.
사람마다 엉뚱한 부분이 있다고 생각해요.
그 엉뚱함이란 결점에서 오는 부분일 수도 있고,
매력이 되는 부분일 수도 있죠.
그래서 그 엉뚱함에 대해, 이상한 게 아니라
너의 매력이라고 발견하고 말해주는 사람이
곁에 있는 게 중요해요.
그래서 저는 이 질문을 건넨 분께서
저의 모습을 긍정적으로 바라봐주시는 것 같아
감사했답니다.

Q 행동력과 실행력의 원천이 어디인가요?

저는 행동이 그 사람이라고 생각하거든요.
저에겐 더 나은 사람이 되고 싶고
나로 살아가고 싶은 욕심이 있어서,
이를 위해선 행동해야 하는 거예요.
생각으로 그치면 제가 아닌 모습으로 살아가는 셈이죠.
물론 하다가 말고 실패한 적도 많아요.
실패가 쌓이다 보니 맷집이 강해졌나 봐요.
이젠 완성할 거란 확신이 없어도 편하게 시도하고
시작하고 행동하게 되었어요.

끝내고 싶은 게 있나요?

회의라는 감정이요.
좋아하는 일을 자기 확신에 차서
작업하고 있는 것처럼 보이지만,
저는 굉장히 자주 회의감과 무가치함을
느끼는 사람이거든요. 덧없음을 많이 느껴요.
그런데 삶이 덧없다는 것은 누구나 아는 부분이고
이 사실을 계속 인지할 필요는 없고 되려 짜증만 나니까,
이런 감정을 끝내고 싶습니다.

133

Q 죽기 전에 가장 보고 싶은 사람은 누구인가요?

아무래도 가족이요.
가족은 제가 살아가는 이유라서요.

Q 언제부터 장례식을 고민했나요?

죽음에 대해선 계속 고민해왔고,
장례식을 열기로 한 건 작년 6월이었습니다.
그때부터 1년 정도 준비했어요.

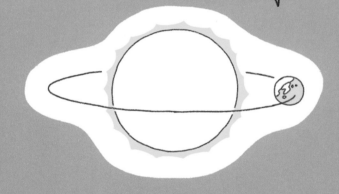

> Q 생일에 맞춰 장례식을 연 이유는 무엇인가요?

그냥 그러고 싶었다는 게 가장 커요.
그리고 삶과 죽음이 분리된 게 아니고
한 세트라고 생각해서 맞추고 싶은 마음도 있었어요.

Q 죽음 후에 단 하나의 기억을 꼭 가져가야 한다면
어떤 기억을 가져가고 싶어요?

동화 같은 질문인걸요.
가족과 함께 밥 먹으면서
'이거 맛있다, 감자가 잘 익었다' 하며
시시콜콜하게 이야기 나눈 기억이요.
막 신나는 건 아니지만 이 안엔 여러 가지 요소가
복합적으로 들어가 평온함을 주는 듯해요.

죽기 전에 아쉬운 것이 있다면 무엇인가요?

음… 제가 재산이 얼마 없기 때문에
남겨진 사람들에게 줄 것이 거의 없고,
오히려 저에게 비용을 써야 할지도 모른다는 부분이
아쉬워요.

장례식이 다가올수록 정말 일상을 느끼는
감각이 다른 거예요.
오늘도 일어나서 밥 먹고 화장실 가고 걷고 옷을 입는
지극히 평범한 순간이 새롭게 느껴졌어요.
죽는 순간이라고 해도 특별한 건 없다고 생각했어요.
아마 장례식 후엔 일상 속에서 삶을 자각하는 순간이
많아질 것 같아요. 그런 느낌이 들어요.
어떤 분이 방명록에 적어주신 것처럼
삶은 잘 살아가는 과정이자 잘 죽어가는 과정이죠.
그 과정이 모두 중요한 것 같아요.

143

페이지 오브 펜타클
Page of Pentacles

자신의 무기를 새롭게 발견하는
순간들이 있을 거예요. 황금빛
배경은 미래가 긍정적으로
흘러갈 것임을 암시해주죠. 지금
모습이 완성형은 아니니까, 앞으로
자신을 찾아가고 만들어갈 수
있을 겁니다.

6 소드
Six of Swords

배에 꽂힌 칼들은 생각을
행동으로 옮기는 판단을 말해요.
삶을 '항해'라고도 하잖아요.
그림 속 사람을 보면 배의 방향키를
자신이 쥐고 있죠.
주체적으로 삶을 이끌어갈 수
있다는 의미를 담고 있어요.

9 펜타클
Nine of Pentacles

아주 충만하고 풍요로운 상태로,
주변에 소중한 이들도 있네요.
햇살도 따듯하고 그림 뒤쪽에
열매가 가득한 게 보이시죠?
결실이 많아진다는 의미랍니다.

컬러 Color

이 카드는 타로가 아니라 오라클 카드인데요. 자신의 색깔을
발산하는 카드입니다. 자신의 색은 하나만 있는 것이 아니며,
나 자신의 색을 믿고 내가 될 수 있다는 의미입니다.

146

실시간 채팅 ▼   ⋮

좋은 시간 고맙습니다. :)

사랑합니다. 재밌었어요.

생일 추카합니당!!!

감사합니다. 작가님~~. 즐거웠어요. 😍

즐거운 시간이었어요. ♬ 축하해요

😊💨 👏 👏 👏

♥

반가웠어요.
안녕.

실시간 채팅 ▼   ⋮

고마웠어요!!!!!!!

따듯하고 즐거운 장례식이었어요.

그동안 고생 많았어요. ♥

초대해주셔서 감사합니다.

😍

축하해요! 좋은 시간이었습니닷!

안뇽♡ ♡ ♡

안녕. 안녕~

149

라이브 종료 버튼을 누르고,
아무것도 정돈하지 않은 채
늘 덮던 이불 속으로 들어갔다.
장례식을 복기할 여력은 없었다.
생경한 피로가 잔뜩 몰려왔다.

'역시 잘 죽으려면 힘이 드는구나.'

쓰러지듯 잠이 들었다.

몸의 전원이 스르륵 꺼졌다.

방명록

안녕하세요.

보선과 알고 지낸 지 20년이 채 안 된 싱싱한 뉴비 A라고 합니다.

먼저 장례식 축하드립니다.

전 당신의 낮에도 지속되는 아름다운 새벽 감성과 행동력을 찬양하는 숨은 팬입니다.

당신은 늘 자신의 위치에서 최선을 다하죠.

초등학생 때에도, 중학생 때에도 그 모습을 아주 가까이서 지켜봤습니다.

지각 한 번 하지 않고 등교도 성실히 하교도 성실히 학원 생활도 성실히 했죠.

늘 버스를 놓칠까 전전긍긍하며 빠른 걸음으로 하루하루를 살아가던 당신, 길거리 음식으로 끼니를 때우며 꿈을 향해 나아가던 당신을 기억해요.

지금도 변함없는 그 모습으로 늘 주어진 일에 최선을 다하는 모습은 제게 깊은 감명을 줍니다.

다만 스스로를 너무 몰아세우진 마세요. 힘들면 쉬어가는 거 알죠? 무엇보다 네가 제일 소중하니까요.

당신의 열정적인 인생을 바라볼 수 있어서, 또 그 삶에 작은 부분으로나마 함께할 수 있어서 무척 기쁘고 영광입니다.

제가 당신의 삶을 바라보면서 늘 궁금하던 것이 있었어요.

당신은 어떻게 그렇게 참신하고 엉뚱한가요. 중학생 때 당신이 눈동자에 대해 말했던 날을 기억하나요?

보통 사람들보다 검은 눈동자의 크기가 작다고 말하는 당신의 모습을 보며, 혼자 거울 속 당신 모습을 골똘히 또 세심히 뜯어봤을 모습을 상상하며 속으로 피식 웃음이 났어요.

저는 당신의 그 빠르게 굴러다니는 작은 눈동자를 참 좋아해요. 세월이 흘러도 그 눈동자는 잊지 못할 거예요.

그리고 당신의 행동력, 하고 싶은 걸 하고야 마는 그 실행력이 어디서 나오는지 궁금해요.

저는 한낱 안방순이일 뿐이었는데 당신은 저를 데리고 모 그룹 팬미팅에 함께 가줬죠.

저는 한낱 연뮤덕일 뿐이었는데 당신은 어셔로 공연장에서 절 반겨줬어요.

저는 한낱 꿈만 꾸는데 당신은 이야기를 만들고 그림을 그리고 책을 만들어요.

당신은 이야기꾼이고 당신의 삶은 다채롭고 그 모든 것을 가능하게 하는 당신 힘의 원천이 궁금해요.

당신에게 이미 많이 말했지만 제 삶은 참 무미건조한 회색빛인데 당신이 제 삶에서 유일하게 반짝반짝 빛나는 다채로운 빛이에요.

그 빛으로, 제 친구로 오랜 시간 동안 제 옆에 함께해줘서 감사해요.

꾹꾹 닫혀있던 내 맘을 열어줘서 고맙고 말도 잘 못하던 바보를 오랫동안 기다려주고 이해해줘서 고마워요.

정말 정말 영광입니다.

고마워. 사랑해.

편히 잠들 그날까지 언제나 편히 보는 사이가 되자.

널 오랫동안 기억할게. 나도 오랫동안 기억해줘.

안녕!

B

보선님은 침착하고 조용하고 상냥하면서도 단단한 사람이었습니다.

다른 사람의 평가에 흔들리기보단 묵묵히 자신을 믿고 창작을 진행하며 그 결과 자신을 더 많은 사람에게 보여줄 수 있는 멋진 사람이 되는 과정을 운 좋게 바라보면서 본받고 싶은 멋진 사람이라 느꼈습니다.

유언에 남긴 것처럼 보선님은 충만한 삶을 사셨을 것이고
그 말을 따라 저도 충만하게 살아가고자 합니다.

여러 생각을 자극해주셔서 감사합니다.

ㄷ

탄생과 죽음 미리 알 수 없지만 태어남과 동시에 죽음이 정해졌죠.
두려워하지 않고 (두려울지 몰라도) 나의 죽음을 계획할 수 있는 것
조차 축복이 아닐까요.

ㄹ

열심히 살아가셨던 보선님의 마지막까지 찬란하셨길.

ㅁ

보선아, 안녕. 장례식을 축하해. 장례식장을 둘러보는데 보선의 취향
과 시간과 손길이 닿은 귀엽고 아름답고 정성스러운 것들을 보니 마
음이 충만해져. 보선이를 처음 알게 된 이전의 보선을 보니 반갑다.
죽음에 대해선 제대로 생각하거나 준비해본 적이 없는데 나도 생각
해보고 싶어졌어. 종종 들르고 싶고 막 주변에도 공유하고파 히히.
그리고 창작의 영감도 솟아오르고 너무 좋아. >.< 내 생애 최고의 장
례식장이 아닌가 싶어.

나는 어젯밤 연인과 같았던 친구와의 이별을 떠올리며 숨죽여 울었
어. 왜 그렇게 슬펐을까? 난 이별이 슬프게 다가와. 왠지 사별은 더
그렇게 생각해왔던 것 같아. 그런데 보선이의 장례식장에 와보니 누
군가와의 이별이나 누군가의 죽음을 산뜻하게 여길 수도 있겠다는
생각이 들어. 또 나도 기쁘게 죽음을 맞이하고 싶고 다른 이들도 내
죽음을 축하해주면 좋겠다는 생각이 들어. 내가 죽을 날을 기대하며
사는 건 즐거운 일이 될 것 같아! 중학생 때는 수목장을 하고 싶다고
생각했는데, 다시 또 생각해보고프다. ㅎㅎ

보선아 너를 알게 되고 너와 이야기를 나눌 수 있어 즐거웠어. 너와 너의 창작물들을 좋아해. 좋은 것들을 선물해주어 고마워. 안녕. 평온하기를.

F

안녕~~ 안녕~~
가장 고요한 시간에 도달한 것을 축하해요.
삶의 기간 동안 보선씨의 작업들을 볼 수 있어 즐거웠어요.
다시 한번 고요 속에 닿은 것을 축하해요.
안녕!

G

보선님의 장례식을 보면서 저의 장례식은 어떨지 생각하는 계기가 되었어요. 그리고 보선님의 앞으로 남은 삶을 어떻게 보내실지 궁금하네요. 행복하게 남은 삶을 사시길 바랄게요!

H

갸아아악. 데스크탑 쓸 기회가 오늘에야 생겨서 방문했습니다!!! 진짜 pc 환경에서 최적화되어있네요. :) 메뉴 처음부터 모조리 훑으면서 신기해하고 있습니다. 지금은 비눗방울 필터가 동영상으로 나오고 있어요. ㅎㅎㅎ 보선님의 정수로 응축된 아름다운 사이트 같다는 생각이 듭니다. 4월 12일이 기대된다고 하면 뭔가 어폐가 있는 것 같지만 그래도 기대되네요. 최근에 바람직하지 못한 과정으로 유명을 달리한 지인이 있어, 죽음에 대한 제 안의 개념이 상쇄되는 느낌이 들어서 고맙기도 하고요. 그럼… 초대장을 기다리겠습니다. :D

보선을 알고 지낸 건 이제 겨우 한두 해 정도지만 말이 잘 통하고 대화가 즐거워 신이 나서 이야기하다 보면 어느새 시간이 훌쩍 지나가곤 한다. 다정함과 천진난만함으로 순수하게 사람들을 대하는 모습을 보고 있으면 누구라도 그를 사랑할 수밖에 없을 것 같다고 생각하게 된다. 그의 작품들을 살펴보니 항상 스스로 여러 가지 재미있는 프로젝트를 기획해 현실로 끌어내는 모습이 재미있어 덩달아 기분이 좋아진다.

보선이라는 반짝반짝 빛나는 소중한 사람을 알게 되어 정말 기쁘다.

같은 시기에 세상에 태어나 잘 살아줘서 고맙고, 장례식을 진심으로 축하합니다.

잎은 하늘하늘 부드럽게 흔들리지만, 단단한 줄기와 뿌리로 땅에 자리 잡고 해와 달을 보며 꽃을 피워내는 나무 같은 보선님.
저와 많은 이들에게 힘이 되어주었어요.
정말 고마워요. 보선님♥

안녕하세요. 비건 페미니스트 K입니다.

살아계실 때 원하는 장례식을 열다니 너무 멋있으세요. 저는 비혼주의자여서, 나중에 제 맘대로 '비혼식'을 열어서 제 남은 미래를 축하받고 싶다는 생각을 종종 했었습니다. 그런데 제 장례식을 직접 열 생각은 미처 못 해본 것 같아요. 사실 제가 죽고 나면, 일회용품이나 논비건 식품이 가득한 장례식을 열어버릴까 봐 걱정되어 유서에 어떤 장례식을 원하는지 세세하게 적을 생각은 해보았었습니다. 근데 이렇게 직접 스스로 장례식을 열어버리신 보선님을 보면서 감탄했습니다.

제가 처음 보선님에게 감탄했던 건 네이버 도전 웹툰에서 '나의 비거니즘 만화'를 연재하실 때였는데요. 그때 수많은 무논리 악플과 싸워

가면서 작가님을 응원하고, 또 작가님께 감사하다는 생각을 많이 했어요. 저 역시 일상에서 무례하고 못된 사람들을 마주하면서 비건을 지속하고, 비거니즘에 대한 전시를 SNS에 해나가고 있었기 때문에 보선님의 용기가 너무 대단하다고 생각했습니다. 보선님에 대한 공격은 저에 대한 공격 같았기에, 작품과 댓글을 보며 울기도 하고 화가 나서 괴롭기도 했습니다. 연재가 끝났을 때 너무 아쉬웠지만, 이렇게 책으로 내주셔서 저도 읽고 가족들이나 친구들에게 선물할 수 있어서 행복했습니다. 좋은 작품을 남겨주셔서 정말 감사합니다.

저도 글과 그림으로 제 생각과 이야기를 풀어놓고는 하는데, 꾸준히 해나가고, 눈에 보이는 성과를 내기가 쉽지 않더라고요. 그런데 보선님은 글과 그림으로 사람들의 마음을 움직이는 작품을 남기셨잖아요. 참 부러우면서도, 존경스럽습니다. 보선님의 만화를 보며 비건 생활을 지속해오던 저는, 저 역시 보선님처럼 주위에 비거니즘을 알리고 비건 초보들에게 이야기를 건네고 싶다는 생각에 친구들과 유튜브 팀을 만들기도 했습니다. '비건먼지'가 바로 그 유튜브인데요, 언젠가 보선님을 초대해서 인터뷰를 해보고 싶습니다.

이 이야기는 장례식과 좀 안 어울릴 수 있지만요. 언젠가 <비건 페미니스트 K의 비혼식>을 열게 된다면, 저도 보선님을 초대해드리고 싶습니다.
맛있는 비건 음식도 준비하고, 모두가 성별, 나이, 신체 조건, 종 등에 상관없이 편하게 입장할 수 있는 환경을 만들어서, 행복하고 즐겁게 저와 친구들의 '비혼'을 축하하는 시간을 가지고 싶습니다.
제가 감사했던 분들에게 인사하고, 과거에 아쉬웠던 것과 미래에 하고 싶은 것들을 이야기하면서, 남은 삶에서 지키고 싶은 '언약'들을 혼자 할 수도 있겠죠. 어쩌면 저와 같은 비혼주의자 친구들과 함께 약속을 할 수도 있고요. (비혼주의자 친구들과 통합 비혼식을 열면, 더 친환경적이고 경제적이며 즐거울 것 같기도 합니다.)

멋진 보선님, 언젠가 만날 수 있는 날이 오기를 기대하면서, 글을 줄입니다.
항상 평안하시길 바랍니다. :)

ㄴ

보선님의 장례식을 둘러보며 이토록 사랑스러운 사람이었구나 생각했어요. 보선님을 조금씩 천천히 알아가는 일이 즐겁고요. 그래서 이게 정말 마지막이라고 생각하니 많이 아쉬웠어요.
저는 제가 죽으면 파티를 열어달라고 유언장에 썼는데요. 제가 죽은 후 친구들이 저와의 추억을 나누며 웃고 즐기면 좋겠다고 생각했거든요. 그래서 할 수 있는 한 추억을 많이 만들려고 계속 노력해오는 중이에요.
제가 이 글을 쓰고 보선님이 이 글을 읽는 순간도 저희 둘의 추억이 되겠죠? 내일 죽을지도 모르지만 보선님과의 추억을 조금씩 더 만들 수 있으면 좋겠다고 생각했어요. 그리고 이런 멋진 장례식에 초대해주셔서 정말 고마워요. ♥

ㅁ

꽃밭에 누워 같이 웃는 날이 오기를.

ㄴ

몇 년 전 인연이 있어 잠시 같이 일할 수 있었습니다. 직접 만나지 못한 지 좀 되었는데, 장례 소식을 듣고 방문하게 되었습니다. 보선씨는 좋은 동료이자 즐거운 대화 상대였어요. 늘 충실한 삶을 살았기를 바랍니다.

ㅇ

진작에 놀러 왔었는데 초대장이 온 걸 받고 이제야 방명록을 남기네! 홈페이지가 예뻐서 여기저기 샅샅이 구경했었는데 초대장도 예쁘다. ㅎㅎ 문득 든 생각인데 어린 시절부터 봐왔지만 넌 참 한결같은 친구라는 생각이 들어! 뭐랄까 어릴 때부터 다양한 시각과 관점을 볼 줄 알고 이해하는 너에게 많이 배웠었는데 여전히 그런 것 같아서- 친구야 존경하고 항상 응원해. ^~^/

보선님 안녕하세요. 장례식의 방명록이니 '안녕히 가세요'라고 인사해야 할까요?

클럽하우스에서 목소리로 만났던 염세주의자 P입니다. 보선님께서 드디어 이 지난한 세상을 정리하게 되셨다니 기쁜 마음으로 보내드리고 싶어요. 누군가를 보내는 마음은 결코 기쁠 수가 없는 것인데, 이전에 보선님과 나눴던 이야기들을 통해 보선님께서 진정으로 기뻐하실 걸 아니, 저도 기꺼이, 후련하게 보내드리겠습니다.

음 너무 정말 장례식 인사 같았나요? ㅎㅎ

아직은 살아계실 보선님!

저는 살아가는 것이 잘 죽기 위해 걸어가는 과정이라고 생각하는데요. 그런 점에서 보선님은 정말 멋있게, 잘 죽어가고 계신 것 같아요. 일상적으로 죽음에 대해 생각하고, 고민하더라도 실제로 나의 '살아있는 장례식'은 많이들 실천하지 못하잖아요. 아마 세계적으로도 드물게 몇 사람만이 해내지 않을까요? 그런 점에서 보선님은 정말 멋지게 죽음을 꾸려나가고 계신 것 같아요.

이런 말 이상하고, 보통은 용납되지 않을 표현이겠지만 같은 염세주의자니까 말해볼게요!

멋있게 죽어갈 보선님을 계속 응원하겠습니다! 우리 잘 죽기 위해 힘내서 버티고 애써보아요. ♥

죽음은 새로운 시작을 위한 끝이기도 하잖아요. 보선님은 이번 장례식을 진행하며 뭔가를 끝내고 싶은 게 있는지 또 어떤 것을 새롭게 시작하고 싶은 게 있는지 궁금해요.

R

보선님도 저도 언제 지구랑 빠이빠이 할 수 있는지는 모르겠지만 적어도 제가 사라질 때까지는 계속 보선님의 그림과 창작물을 좋아할 것 같습니다. 장례식장에도 보선님 그림이 가득가득 있어서 잘 보고 갑니다~

S

https://www.youtube.com/watch?v=hp5G8cdZZuI

Schubert: 4 Impromptus, Op. 90, D. 899 - No. 3
어쩌면 꿈결 같았던 생을 뒤로하고 평안을 만끽하길! 다정한 당신이 내게 보내준 작은 편지와 스티커, 브로치를 가끔씩 꺼내보겠습니다. 우리는 다시 만날까요?

T

우선 보선에게 고맙다는 말을 전하고 싶습니다. 저는 보선을 잘 알지 못합니다. 다만 처음부터 지금까지 보선은 저에게 고마운 사람이었습니다. 보선을 통해 비거니즘을 알게 되었고, 보선을 통해 비건 커뮤니티도 알게 되었으며 또 보선을 통해 가상 죽음 장례식도 참여하게 되었으니까요. 보선 덕에 저의 세계는 조금 더 넓어졌습니다. 섣부르게 찾아오는 죽음이 아닌 천천히 시간을 들여 바라보는 죽음은 처음이지만, 이것 역시도 쉽지는 않다는 생각이 듭니다. 고마웠습니다. 그리고 가상 죽음 장례식이 끝난 후에도 고마울 것 같습니다. 태어난 날에 죽음을 기리는 보선, 그 무엇도 확실하지 않은 세상에 죽음만은 선명하게 두려는 보선, 그만큼 멋진 보선의 생에 잠시라도 함께할 수 있어서 영광이었습니다.
보선은 잘 살았어. 고마워.

U

오늘이 벌써 그날이네ㅋㅋ
처음엔 장례식이란 단어 보고 흠칫했어ㅋㅋ 어쨌든 너의 생일이자 생전 장례식 축하해.

고등학교 때 맨날 학원 같이 다닌 거 생각나네. 그땐 가족보다 오래 보고 학원 가기 싫어하는 학생들이었지.ㅋㅋ 어느새 각자 나는 회사, 너는 작가 생활을 하고 있구낭.

난 지금 일 안 하고 방명록 남기며 땡땡이치는 중…. 조만간 너희 집 집들이 한번 갈겜.

오늘 장례 잘 치르고! 보선 보선 응원행.

사랑하는 보선에게.

문득 보선이를 다시 만났던 때가 기억난다. 기억 속에 희미해지던 얼굴이 다시 나타나 해맑게 웃으며 인사를 했었지. '맞아. 그때 저렇게 웃던 아이가 있었는데!' 하면서 단발머리에 미소를 머금은 하얀 얼굴이 기억이 나더라고. 몇 년 전 우리의 대화라든가 사건은 전혀 기억이 나지 않았는데, (나의 형편없는 기억력을 용서해주십시오….) 말랑말랑하게 웃는 그 얼굴은 다행히도 남아있었어.

보선의 웃는 얼굴을 떠올리니까 왠지 마음이 차분해진다. 아마도 비슷한 창작자로 살아가는 동료가 주는 든든함도 있을 테지만, 보선만이 가진 에너지가 상대를 편안하게 해주는 것 같아. 마치 나를 있는 그대로 이해해줄 것만 같은, 너그러운 응원을 받는 느낌이 들거든.

그때 다시 내게 나타나줘서 고마웠어. 비록 다시 친구가 된 건 1년밖에 되지 않았지만 아무래도 '글쓰기 모임'이라는, 순수하고도 전투적이었던… 시간들 덕분에 너와 더 가까워질 수 있었던 것 같아. 글쓰기 모임을 하면서 가만히 보선, 마리아, 준을 바라보면서 혼자 흐뭇해하기도 해. 서로가 치열하게 적어낸 글을 읽고 또 진심을 담아 감상을 건네는 모습만으로 그저 감격스럽더라고. 이토록 아름다운 사람들 곁에 내가 있어도 되나 의심을 가질 정도로.

보선의 소중한 시간을 함께 보낼 수 있어 영광이었어. 마침 비가 내려서 내 상상력에 큰 도움을 주고 있어. 곧 마지막으로 너의 말랑말랑한 웃음을 보겠지. 오래도록 그 웃음을 기억할게. 고맙고 사랑해.

안녕.

V가.

2021.4.12.

안녕하세요, W라고 합니다.

오늘은 2021년 4월 12일 월요일이고, 밖에 비가 많이 내려요. 여기는 대전입니다.

살면서 제 생일을 고작 20번 정도밖에 안 겪어보긴 했지만, 제 생일날에 비가 오면 권진원의 happy birthday to you를 흥얼거리며 약간은 설레는 마음으로 하루를 보냈었는데, 저뿐만 아니라 보선님도, 또 다른 사람들도 저처럼 자신의 생일날을 보냈을 거라 생각하니 재미있는 것 같아요.

제 인생에 남은 생일은 몇 번일까요? 한 80번 정도? 어쩌면 이미 제 마지막 생일을 지나보내서 제 인생에 남은 제 생일날이 없을 수도 있겠네요.

보선님은 인생에 몇 번 남았을지 모를 생일날을 장례식과 함께한다니, 또 일 년에 딱 한 번뿐인 생일에 하필 비가 오는 것도 쉽지 않은 일인데 왠지 특별하네요.

생일날이 특별할 이유는 없지만, 또 여느 때와 다름없는 하루가 되길 바라지만, 인생이라는 게 참 신기하잖아요. 어쩌다가 제가 보선님한테 이런 방명록을 쓰고 있는지…. 삶이란 이상하고도 특이한 일의 연속인 것 같아요. 그런 이상하고 특이한, 신기한 우연들을 기억하고 축하하는 게 생일인가 봐요.

음? 의도하지는 않았는데, 보선님이 이벤트로 주셨던 빨대를 지금 쓰고 있어요. 재미있네요.ㅎㅎ (보선님이 주신 거라는 것도 까먹고 있었는데….)

특이하지 않은 것도, 빛나지 않는 것도, 여느 때와 다름없는 것도, 모두 특별하답니다. 인생이 얼마나 남았든 잊지 말고 살아갑시다. 삶 수고 많으셨습니다. 편히 쉬세요, 그게 언제가 되었든!

X

죽음은 한 사람을 완성하는 마지막 단계이기도 하겠지요. 죽음을 충만하게 받아들일 수 있는 마음가짐에 존경을 느낍니다. 미소 지으며 읽었던 책으로, 책에서 제 마음으로 넘어왔던 메시지로, 클럽하우스에서 들었던 반가운 목소리로, 이 장례식으로 보선님을 기억할게요. 고생 많으셨어요!
- 같은 날에 태어난 X 드림

Y

많은 이에게 생명의 중요함을 퍼뜨리고 생명을 다한 그에게 감사한 마음을 전합니다. 감사함의 마음이 영혼에게 가닿아 빛나고 선한 영혼이 되어 이 우주에 보탬이 되는 존재가 되기를….

Z

보선님, 저는 다소 경건히 앉아 있습니다. 소중한 자리에 초대받아 감사하고 가상의 마지막 인사를 보냅니다. 마지막이라니 이상하게 말을 아끼게 되네요. 쓸데없는 말과 걱정도 내일이 있기에 가능했던 건가 봅니다. 그럼, 잠시 후에 영상으로 뵈어요. 잠시라도 서로 평안한 시간에 머물길 바랍니다.

가상이긴 하지만 '장례식'이라는 말만으로도 뭔가 울컥하고 숙연한 느낌이 들어 입장하기를 주저했는데, 막상 보선 작가님의 얼굴을 마주하고, 사람들의 반응을 보니 정말 '축제' 같은 느낌이 듭니다. 죽음을 정말 명랑하게 맞이할 수 있을지 아직은 자신 없지만, 작가님의 유언을 찬찬히 읽으면서 마음이 차분해지고, 죽음도 삶의 일부임을 받아들일 수도 있을 것 같기도 합니다. 자신의 죽음을 삶의 일부로 받아들이고, 마지막까지 충만하게 살아낸 모든 이들의 용기에 존경을 보내며, 우리 모두가 자연으로 돌아갈 존재임을 새삼 깨닫게 해주신 작가님께 감사의 마음을 전합니다.

보선아! 영상에서 내가 누군지 궁금하다 했었지? 국민대 공디. ㅋㅋㅋ 나야, 나 BB
라이브 방송 역시 넘 멋지고 주옥같은 대답이 많아서 감명 깊었어. 특히 기억에 남는 건, 죽음이 가까이 와도 일상은 그대로고 시간은 매정하다는 게 기억에 남네. 너 말대로 막상 죽음이 온다고 해서 일상이 크게 변하는 건 없는 거 같아. 그리고 시간은 매정해서 우릴 기다려주지 않으니 뭐든 바로 시도해보고 과정이 소중하다는 게 기억에 남네. 지혜로운 보선이 덕분에 나도 다시 한번 일상의 소중함과 삶에 대해 어떤 자세를 가져야 할지 생각하게 됐어! 오늘은 보선이 생일이지만, 오히려 보선이가 모두한테 빛나는 소중한 선물을 줬네!! 넘 고맙당!!! 깊이 있는 선물을 줘서 고마웡. ♥

작가님~ 세상에서 제일 즐거웠던 장례식 참석 후에 따끈따끈한 방명록 남깁니다. :)
이 기록이 전해질 수 있다는 게 이 장례식의 가장 특별한 점인 것 같네요!

방울방울 동화 같은 분위기에서 잘 지나가지 않는 시간을 알차게 채우시려는 모습에 너무 행복해졌어요. 저도 케이크를 함께 곁들이고 싶었지만 없어서 레몬 탄산수를 홀짝이며 축제 즐기듯 보냈네요.ㅎㅎ 채팅창에 올라온 질문들에 대해 저도 찬찬히 생각해보아야겠어요.

사랑스러운 애장품과 멋진 답변으로 가득한 장례식을 보며 작가님을 더 사랑하게 된 것 같은데 어쩌죠? 다행인 건 계속 연락드릴 수 있다는 점! 하핫.

멋진 장례식 초대해주셔서 감사합니다~

담담하고 멋진 작품 잘 보고 가요. 초대해주셔서 감사합니다. 덕분에 좋고 따뜻한 시간이었어요.

보선에게.

생각해보니 오랜만에 편지 비슷한 걸 쓰는 거 같아.
독일에 있을 땐 긴 글의 편지를 자주 주고받은 거 같은데 이제는 직접, 혹은 전화로 이야길 나누는 시간이 더 많다.
가상 장례식을 계기로 언니한테 하고 싶은 이야길 정리하는데 새삼스럽지만 정말 고마워.

독일에서 유난스레 힘들 때, 언니랑 이야길 나누는 시간이 얼마나 나를 지탱해줬는지 내가 말을 했던가.
따뜻하게 내리쬐는 햇빛을 덮고 늘어지게 시간을 보내다가도 낯선 바람이 종종 피부를 거칠게 스치는 일상에서 물리적 거리감이 느껴지지 않을 정도로 가깝게 있어주던 보선 덕분에 적응할 수 있었어.
한국에 있는 지금도 새벽마다 세상과 나 사이에 피어오르는 거리감을 없애주는 소중한 사람이야.

언니가 『평범을 헤매다 별에게로』를 준비하기 위해 1년 넘게 사람들을 인터뷰하고 책을 썼을 때가 기억나.
한 시간 넘게 걸리는 작업실을 출퇴근하며 1년이란 시간을 고뇌하며 마침내 책으로 출판했지.
평범한 사람들을 인터뷰하고 그 안에서 별을 찾아 책으로 엮어낸 그 성실함.
그렇게 하루하루를 가치 있게 쌓아가는 보선의 성실함이 참 멋있다.
예전에는 특별하고 독특한 것들이 멋져 보였고 그런 작업을 하기 위해 노력했는데 언니를 보며 성실함이야말로 가장 특별한 재능임을 알게 됐어.
언니의 성실함은 다정함과도 맞닿아있다.
함부로 사람을 재단하지 않고 꾸준히 바라보는 시선을 가진 보선 옆에서 나는 항상 특별한 사람이 된다.

미리 하는 장례식은 죽는 이 본인한테뿐만 아니라 주변 사람들에게도 가치 있는 시간 같아.
언젠가 우리가 정말 예기치 못한 죽음을 맞이하더라도 오늘의 행복한 언니 모습을 기억할게.

꾸덕꾸덕한 말차 케이크를 꼭꼭 씹어 먹고 (소중한 컵에 담긴) 커피를 호로록 마시던, 빗소리와 잘 어울리는 노래를 기타로 들려주던, 타로 카드로 방문자들에게 따스한 말과 부적을 주던 보선 언니!
태어나줘서 고맙고 함께해줘서 고마워.

오늘 작가님 책을 읽고 너무 많은 걸 깨달아서 인스타 DM도 보내고 왔는데…. 작가님 덕분에 비건이라는 걸 시작하려고 해요. 생전에 좋은 책 써주시고 그려주셔서 감사합니다. 하늘나라에서는 행복하시길 바랄게요. 정말 많이 감사합니다.

GG

삼가 고인의 명복을.

셋,

빛과　　　어둠과

색채

나의 길 위에서

    장례식 다음 날 아침. 어제의 이불을 걷어내고 일어났다. 복층 오피스텔의 위층은 천장이 낮아서 약간 구부정하게 서야 한다. 성큼성큼 계단을 내려와보니 어제 어질러놓은 상태 그대로다. 먹다 남은 케이크며 촬영할 때 쓴 삼각대, 가랜드(garland), 의자에 걸어둔 가디건…. 마지막이 부끄럽지 않도록 방을 청소하고 자자고 메모해두었지만 실천하기는 어려웠다. 이 방을 보노라면 탐정이 아니더라도 내가 어떤 인간인지 추리할 수 있을 것이다. 널부러진 물건을 제자리로 돌려놓으며 세상은 그대로라는 걸 느꼈다. 하늘도 땅도 그 자리에 있다. 나도 여기에 있다.

    그다지 새로운 기분은 들지 않았다. 그저 그간의 일이 마무리되었다는 안도감과 후련함이 옅게 몰려왔다. 살면서 나를 급변하게 만든 계기는 여럿 있다. 한 번 실패했던 대학 입학에 성공하며 노력에 대한 믿음이 생긴 순간, 여성혐오의 개념을 인지한 후 사회문제에 각성한 순간, 비인간동물과 연결감을 느끼고 비건을 지향한 순간은 나라는 세상 속 물리법칙 자체를 뒤흔들었다. 그런데 왠지 이번 장례식은 그런 각성의 계기가 되지 못한 것 같다. 세상은 하루아침에 달라지지 않았고 나는 여전히 나다. 장례식이라는 이별 의식을 준비하는 시간이 어쩌면 새로운 나를 찾기 위한 시도가 되지 않을까 하는 기대를 조금 했다. 하지만 돌아보니 새로운 나보다는 원래 내가 향하던 길을 확실히 일궈낸 계기가 된 것 같다. '한 번 죽고 살아났으니 새로운 마음으로 살아가야지'가 아니라 '용기 내서 더 나답게 살아가야지' 하는 결심을 한다.

빛과 어둠과 색채

결핍에서 욕망이 자라나듯 세상의 빈틈에서 꿈이 생겨난다. 우리는 그 꿈을 좇기 위해 때론 고통도 감내하게 된다. 하얀 도화지에 빛을 그리기 위해선 어둠과 색채를 깔아야 한다. 빛과 부딪히는 사물에 그림자가 지고 색이 도드라져야 빛이 담긴 그림이 된다. 빛은 홀로 존재하지 않는다.

우울증에 잠겨있던 어느 날, 나는 미래를 기다린 적이 있다. 불완전했기에 꿈을 꿀 수 있었다. 언제나 '내일은! 내일은!' 좀 나아지겠지 하며 실망스러운 오늘들을 보내던 겨울이었다. 처방받은 항우울제를 내 멋대로 끊고 지내다가 상태가 나아진 것 같아서 치료를 종결 짓고자 다시 병원에 방문했다. 병원에선 세 달 전과 똑같이 뉴에이지 음악이 흘러

나오고 있었다. 진료실에 들어가서 의사 선생님에게 기분이 나아졌다며 치료를 더 받지 않아도 될 것 같다고 말했다. 선생님에게 '나 잘 지낼 수 있어요.' 속으로 텔레파시를 보냈다. 이제 병원에 오지 않아도 된다는 확답을 받고 싶었다. 선생님은 내 상태를 들어보고는 치료가 더 필요하다고 했다. 필요하면 약 복용량을 늘리는 방법도 있다고 했다. '나는 사실 괜찮지 않은 건가?' 일상의 기본값이 낮아진 상태였기에 온전히 판단하기 어려웠다.

끝이 보이지 않는 치료가 다시 시작되었다. 진료실에서 나오니 원장 선생님이 약을 지어주셨다며 간호사님이 애석해했고 나는 씩씩하게 웃었다. 병원을 나서자 칼바람이 허벅지와 얼굴을 쓸었다. 귀가 조금 보이게 머리를 자른 탓에 귀 끝이 시렸다. 김밥 두 줄을 사 먹고 카페에 들어가 따뜻한 소이라테를 시켰다. 작고 동그란 테이블에 자리를 잡았다. 집을 나서 병원에 들러 길을 걷다 카페에 오기까지 조그만 내 심장은 여러 감정을 소화해야 했다. 뜨거운 커피가 몸을 데워서인지 치료 제2막을 여는 일을 긍정하고 싶었던 건지, 가슴팍이 뜨끈했다.

아프지 않은 삶을 넘어 건강한 삶을 꿈꾸어본다. 내가 칠하고 있는 어둠과 색채가 어떤 형체를 띠게 될지 아직 알 수 없지만, 새해를 비추는 햇살은 그 명도가 좀 더 높을 것이다.

서로의 삶을 증명하는 일

나에겐 친구들에게서 받은 편지를 모아놓은 상자가 있다. 생일 파티 초대장부터 신년 카드까지 넣어둔 종이 상자다. 어느 날 문득 이 상자가 떠올라 서랍에서 찬찬히 꺼내봤다. 따로 기준을 두고 정리해두지 않은 탓에 편지는 시간을 교차하며 뒤섞여 있었다. 열세 살 민지는 나에게 퍼즐 형식으로 엽서를 보냈고, 스물세 살 은지는 내가 다니는 학교로 생일 축하 편지를 보냈더랬다. 다시 보고 싶은 그리운 이름도 있었지만, 도무지 얼굴이 떠오르지 않는 친구의 편지도 많았다.

보통은 편지에 적힌 이름을 확인하고 보낸 사람을 알게 되는데, 어떤 편지는 확인하지 않고도 보낸 이를 알 수 있다.

184

바로 마리아의 편지다. 그의 편지는 주로 표백되지 않은 갈색 종이 봉투에 담겨있고, 손수 꾸민 흔적이 있다. 최근에 받은 편지 봉투에는 도토리와 낙엽, 찻잎 '한 꼬집'이 들어있었다. 마리아는 항상 편지를 연필로 적기에 혹여 흑연 가루가 손에 묻어 지워지지 않도록 조심스럽게 뜯어보았다.

아름답게 살 수 있을까?
우리 서로의 삶의 증인이 되어,
꿈에서 도무지 닿을 수 없는…

예전부터 마리아에게서 서로 증인이 되자는 말을 종종 듣고 있었기에, 그의 단어가 말로서 휘발하지 않고 글로 고스란히 보관되어 있는 걸 보니 기분이 좋았다. 훗날 누군가 이 편지를 발견했을 때 마리아와 내가 무엇을 지향하는 친구였는지 가늠할 수 있는 증거를 남긴 셈이다. 지금은 증인이라는 단어가 좋지만, 처음엔 그 말이 무척 낯설었다. 타인이 내 삶을, 내가 타인의 삶을 목격하고 기억한다는 것에 무슨 의미가 있을까 싶었다.

증인이란 어떤 사실을 증명하는 사람으로, 보통 불명확해 보이는 사건에서 진실을 밝힌다. 서로의 삶에 증인이 된다는 건 아마도 그 사람의 내적 진실을 외부에 남기는 일인지도 모른다. 흘러간 시간, 특유의 언어와 몸짓, 생각, 마음 등 한 사람의 비물질적 요소를 타인이라는 정신적 공간에 새기는 것이다. 이때 '나는 이렇게 살고 싶어요' 내지 '나는 이렇게 살고 싶지 않아요'와 같은 내 삶의 지향점을 나의 증인도 알게 되는데, 증인은 내가 어떻게 그러한 지향을 드러내며 살아가는지 지켜보게 된다. 마리아는 그렇게 나의 증인이 되어주고 있다. 마리아가 늘 응원하며 지켜보고 있기에, 나는 더 힘내어 살아가게 된다. 깜깜한 암흑 속에서 홀로 촛불을 켜고 있었는데 이제는 다른 누군가가 내 촛불을 받아 그 불로 내 주위를 밝혀주고 있는 것 같다. 결국 삶의 증인을 세우는 일은, 함께 살아가는 일인 것이다.

방명록을 읽으며

　장례식은 끝났지만 방명록이 남았다. 장례식에 초대한 친구들은 이런 이별 의식을 하는 내 마음을 존중하며 나를 아끼는 마음을 글로 남겨주었다. 장례식을 통해 새로운 나도, 달라진 미래도 발견하지 못했지만 소중한 방명록이 남았다. 누군가 소중한 시간을 내어 내 삶을 돌아봐주고 나도 기억하지 못했던 나를 대신 기억해줬다는 게 정말 고맙다.

　아직 살아있는데, 죽을 병에 걸린 것도 아닌데 젊은 나이에 이런 의식을 치르는 경우는 많지 않다. 장례식을 올리는 일이 나에게는 중요한 사건이었지만, 다른 사람들이 보기에는 현실과 동떨어진 기행(奇行)이나 장난처럼 보일까 봐, 괜히 혼자 주눅들곤 했다. 친구들의 방명록을 읽으니 그런 생

각은 그만둘 수 있었다. 삶과, 친구들과 작별하며 마음을 전
하기를 참 잘했다.

새하얀 미소

할머니는 1932년생이신데 고관절 수술을 받는 바람에 침대 밖을 자유롭게 거닐지 못해서 요양 병원에서 일 년 넘게 지내고 계신다. 오늘은 엄마와 함께, 내가 먹을 샌드위치와 할머니께 드릴 단밤과 빵을 사 갔다. 빵은 부드러워 잘 뜯기고 설탕 시럽이 뿌려져 달달한 것으로 골랐다. 엘리베이터가 열리는 곳에서 오른쪽으로 돌아 일직선으로 걸어가면 병실이 나온다. 모두 일곱 분이 한 병실에서 생활하시는데 우리의 얼굴을 익히 알고 계셔서 방문할 때면 언제나 반갑게 인사해주신다. 할머니 자리는 병실 제일 안쪽 창가에 있다. 할머니는 등을 돌리고 누워 낮잠을 주무시고 계셨다. 엄마와 나를 본 맞은편 할머니께서 큰 소리로 할머니를 깨우셨다.

"할매가 좋아하는 손녀 왔시오. 왕 할매, 할매 일어나.

할매가 좋아하는 사람 왔다. 며느리도 왔네. 할매는 좋겠다."

새하얀 머리의 새하얀 할머니가 눈을 뜨고 천천히 고개를 돌려 나를 보고는, 미소를 지으시더니 왜 왔냐 하시며 자리에서 천천히 일어나셨다. 할머니의 주변은 온통 하얗다. 침대보, 환자복, 이불 그리고 할머니의 피부까지. 할머니는 내가 올 때마다 왜 왔냐며 마음에도 없는 소리를 하신다. 마침 식사 때가 다가와 식탁을 세우고 사 온 단밤 봉지를 뜯어 맛봤다. 할머니가 밤을 두 알 드셨다. 할머니는 입맛이 좋지 않아 항상 밥도 남기고 살도 도통 찌질 않는데, 조금이라도 드셔서 사 오길 잘했다고 생각했다. 엄마와 할머니가 이런저런 이야기를 나눴다. 고모가 가져온 무김치를 벌써 반이나 먹었다는 이야기, 요새 자꾸 창문으로 사람 얼굴이 허여멀겋게 보인다는 이야기, 깁스를 이번 달 말에 푼다는 이야기, 임시 요양사가 마음에 들지 않는다는 이야기 등등. 나는 그 옆에서 고개만 끄덕이며 가만히 듣고 있다가 가끔 맞장구쳤다.

점심엔 흰쌀밥, 떡갈비, 북엇국, 배추김치, 버섯 부침이 나왔다. 할머니는 밥을 드시고 나는 샌드위치를 먹었다. 병원에 먹을 걸 사 오면 할머니랑 같이 밥을 먹을 수 있어 좋다. 할머니는 서른이 넘은 내게 맛있는 음식을 사주지 못하는 게 미안하다고 하신다. 할머니 눈에 나는 언제나 아기다. 할머니는 야금야금 드시고는 밥을 많이 남기셨다. "약 드셨어요?" 엄마랑 나랑 할머니랑 셋이서 침대 위를 뒤적였고, 티슈곽 위에서 약을 발견했다. 아침 약은 거의 열 알 정도 되는데 점심 약은 파란 약 반쪽이 다다. 내 생각엔 무척 독한 약일 것 같다. 할머니는 아무렇지 않게 사리돈을 몇 알씩 드실 만큼 항상 독한 약을 드시니까 말이다.

점심 식사가 끝나면 병실에 계신 분들이 낮잠을 주무셔서 오래 머물 수가 없다. 나는 할머니 손을 잡고는 "또 올게요." 했다. 할머니는 바쁘면 오지 말라고 하시고 나는 또 온다고 했다. 엘리베이터를 기다리며 병실 쪽을 보는데 나와 엄마를 바라보는 할머니의 하얀 얼굴이 멀리 있었다.

눈물을 참지 않기

만남과 이별 사이

　　건대입구역 1번 출구, 꽃집이 있길래 무슨 꽃을 고를까 고심하다가 로맨스엔 역시 장미인 듯해 한 송이를 사서 등 뒤로 숨겼다. '솜'군이 역에서 내려오길 기다리고 있는데, 아니 어느새 내 옆에 나타나버려서 장미꽃을 준비한 걸 들키고 말았다.

　　"어… 여기 선물이야."

　　나는 당황하며 장미를 내밀었고 솜군은 가만히 웃으며 꽃을 받았다.

　　솜군은 내 애인이다. 그는 전형적인 공돌이, 너드(nerd),

개발자, 기기 덕후, 로봇 인간이다. 덩치가 크고 다른 사람의 감정이 상하더라도 할 말은 직설적으로 하는 성격이라서 회사 동료들은 대하기 어려워하는 이미지인 듯하다. 하지만 칭찬하거나 애정을 표현하면 수줍어해서 놀리는 맛이 있는 솜사탕 인간이기도 하다. 왜인지는 모르겠지만 내가 넘어지지 않게 항상 손을 잡아준다.

골목에는 셀프 사진관이 즐비하게 늘어서 있었다. 우리는 사람이 없는 사진관에 들어가 머리 장식을 골랐다. 솜군은 아무래도 곰 같으니까 솜뭉치 귀가 달린 곰 머리띠가 딱이었다. 나는 같은 모양에 색만 밝은 머리띠를 골랐다. 작은 칸으로 들어가서 촬영을 시작하자, 정해진 시간이 너무 빨리 줄어든다. 어떤 표정 어떤 동작을 해야 할지 몰라 우리 둘은 허둥대며 진땀을 뺐다. 어찌저찌 총 여섯 컷이 담긴 사진이 두 장 인화되었다. 나 한 장, 솜군 한 장 가졌다. 솜군은 장미꽃 포장지 사이에 사진을 끼워 넣었다.

골목에 사람이 너무 많아서 산책을 하기로 했다. 어두운 저녁을 따뜻한 가로등이 비춰줬다. 돌계단도 오르고 나무가 심긴 흙길도 건너다 보니 호수가 나왔다. 호숫가 벤치에 앉아 이런저런 이야기를 나눴다. 나는 장례식을 올리며 깨달 았던 것을 그에게 공유했다. "결국엔 사랑인 것 같아. 내가 떠난다고 했을 때 미련이 남을 구석은 명예도 돈도 아니고 사람뿐이거든. 그 작업은 내가 떠나면 슬퍼할 사람들을 생 각하며 안녕를 보내는 일이었어."

솜군이 말했다. "장례식이 일종의 이별 의식 중에 하나잖 아. 우리는 어쩌면 다양하게 이별 의식을 치르고 있는 것 같 아. 학교에서 반이 나뉠 때 롤링 페이퍼를 적는 것처럼 말이 야." 난 생각했다. '오, 이 녀석. 의외로 아주 문학적인 면모 가 있군.' 나는 솜뽀(솜군의 뽀뽀)를 해달라고 했다.

'쪽'

그의 말대로 세상에는 별별 이별 의식이 다 있다. 학교를 떠날 때 졸업앨범을 나누는 일, 헤어진 연인의 사진을 삭제 하는 일, 매장에서 나갈 때 점원이 건네는 감사 인사, 올림픽 폐회식, 업무 메일의 형식적인 마침 인사(좋은 하루 되세요!) 등. 관계가 한번 형성되면 우리는 만남과 이별 사이에 놓인 다. 꼭 특별한 의식이 없더라도 함께 보내는 시간은 만남과 이별의 기념품이 되는 듯하다. 오늘 찍은 사진도 일종의 기념이 될 수 있겠지. 이런, 그런데 솜군이 그 사진을 잃어버렸다. 걸어가다가 꽃다발에서 빠진 모양이다. 걸어온 길을 되짚어갔지만 찾지 못했다. 그래도 내 몫의 사진이 있고 같이 시간을 보냈다는 것만으로도 기쁘다. 나와 솜군의 사진은 지금도 골목 어딘가를 쏘다니고 있겠지. 어쩌면 우리가 사라진 후에도 어디에선가 얼굴에 때를 묻힌 채 웃고 있을지도 모른다.

'집 도착'

각자 집으로 돌아가면 문자 보내는 의식을 치른다. 나는 도착하자마자 그에게 귀가를 알렸다.

(사진을 보냈습니다.)

오늘 솜군의 귀가 의식은 사진 한 장이었다.

단발머리 중학생

짧게 잘랐던 머리가 길어 어깨에 닿는 단발머리가 되었다. 나의 가장 오래된 친구 서하가 내 머리를 유심히 보더니 조금 즐거운 표정으로 말했다.

"중학생 때 머리랑 똑같네. 다시 어릴 적 너를 보는 것 같아서 반갑다."

중학생 보선은 평범하고 조용한 학생이었다. 까만 단발머리에 앞머리는 눈썹까지 내려와 일자로 덮여있고, 안경테를 삐져나올 정도로 두꺼운 렌즈 너머로 쪼그라든 두 눈동자를 깜박이며, 넓적하고 둥근 얼굴로 팔자 주름이 지도록 웃곤 했다. 체크무늬 남색 교복은 줄이거나 늘리지 않고 정사이즈로 맞췄고, 캔버스 운동화에 언제나 무채색 양말을 신었다. 하얀 이름이 새겨진 파란색 명찰은 졸업할 때까지도 떼지 않고 재킷 주머니 위쪽에 찰싹 붙여두었다. 일과는 단순했다. 학교에서 공부하고 끝나면 학원가에서 혼자 밥을 사 먹고 학원으로 들어가 깜깜한 밤이 되어서야 나왔다. 지금 돌아보면 그 모습이 풋풋하고 반짝이는 새싹 같다고 생각하지만, 나는 꽤 오랫동안 나를 싫어했다.

이른 아침 함께 등교하기 위해 친구를 기다리며 주차된 자동차 사이드미러에 얼굴을 비춰보는 단발머리 중학생은 볼살을 꼬집으며 속으로 '난 살찌고 참 못생겼어. 어쩜 이렇게 못생길 수가 있지.'라고 생각했다. 골반과 갈비뼈가 튀어나와 있을 정도로 말랐지만 그의 눈에 자신은 빵빵하다 못해 팥소가 튀어나온 못난이 빵처럼 보였다. 친구가 약속 시각에 늦었다. 십 분도 채 늦지 않았건만 못난이 빵 같은 중학생은 짜증 내며 친구를 비난했다. 약속 시각은 지키라고 있는 것이고, 약속을 어기는 건 친구를 무시하는 행위라고 생각했기 때문이다.

나는 열등감이 충만한 완벽주의자였다. 나만 빼고 모두

빛이 난다고 느꼈다. 내가 나를 타인과 비교하듯이, 다른 이도 나를 자신들과 비교하며 흠집을 잡아내 열등하다고 생각할 거로 여겼고, 그래서 사람들 틈에 있기가 무척 어려웠다. 아니, 혼자 있을 때도 꼭 감시와 평가를 받는 기분이었다. 통째로 삭제하고 싶은 과거가 많았다. 과거는 수치였다.

우울함이 밀려올 때면 머릿속에 저장된 모든 기억 중에 불행했던 것만 쏙 꺼내 다시 펼쳐봤다. 자책하고 부정하고 억울해하고 연민했다. 나쁜 기억을 소환할 때마다 그 기억은 더 진하게 살아나 현재에도 그늘을 내렸다. 기형도 시인의 시처럼, 나는 미친 듯 사랑을 찾아 헤맸을지언정 단 한 번도 스스로를 사랑하지 않았던 것이다.

나는 다시 단발머리가 되었다. 얼마 전 참여한 한 소모임에서 '과거의 나'에게 편지를 쓸 기회가 있었다. 예전 같으면 연민에 찬 이야기를 늘어놨을 테지만, 이제는 기억에 긍정을 덧칠하고 싶었다. 오글거리는 응원의 말과 함께, 제일 어리숙하다고 여겼던 단발머리 중학생에게 간단히 편지를 적었다.

중학생 보선에게.

'컵라면이라도 안 사 먹었으면 어떡할 뻔했어'라는 생각을 해. 다른 기억은 다 증발했는데 다미, 서하와 방과 후 편의점에서 컵라면 한 사발, 삼각김밥 하나를 먹은 기억은 제법 생생하게 남아있어. 생생하게 남아있다고 해서 우리가 무슨 이야기를 나눴는지까지 떠오르는 건 아닌데, 사진을 찍은 듯 장면이 조각나 새겨있어. 편의점 문을 열고 들어가면 제품이 진열되어 있고, 왼쪽 구석엔 테이블이 세 개 정도 놓여있는데 다미가 앉고 맞은편에 서하와 내가 앉아서 수다하게 떠들던 모습이 그려지네.

촌스러운 걸 즐기자. 네 잎 클로버와 닮은 기억으로 남을 거야. 마음이 바쁘고 꿈은 간절하고 불안은 요동쳐서 제대로 쉬지 못하던 보선은, 불안에 직면하며 보선다운 기억을 쌓아가는 보선이 될 거야. 보선은 보선에게 소중하게 기억될 거야.

유영

진부한 공간

내일은 눈이 녹을 것이다. 눈은 올 때는 소리가 없지만, 갈 때
는 물소리를 얻는다. 그 소리에 나는 울음을 조금 보탤지도 모
르겠다.

한정원 시인이 지은 『시와 산책』(시간의흐름, 2020)의 일부
다. 눈이 녹고 물소리를 내고 울음을 보태는 저 구절을 몇 번
이나 읽었다. 풍경에 동화하는 듯한 글쓴이의 산책이 부러
웠다. 나도 고요히 사색할 수 있는 공간을 찾아보기 위해 하
루를 쓰기로 했다. 적적한 공간을 찾고야 말겠다는 뚜렷한
목적이 있었기에, 머무는 장소가 바뀔 때마다 사진으로 기
록했다. 먼저 엘리베이터 안에서 거울 셀카를 찍었다. 회색
후드티에 검은색 자켓, 모노톤이 적적해 보인다. 밖으로 나

오니 하늘에 온통 구름이 껴서 흐릿했다. 날을 잘 잡았다고 생각하며 첫 번째 장소인 도서관 자습실로 향했다. 사람들이 등을 보이고 앉아 무언가에 열중이었다. 소음을 내지 않기 위해 펜을 조심스럽게 꺼내어 내 안에서 떠돌던 생각들을 글로 옮기기 시작했다. 집에서보다 몰입이 잘되었다. 그렇게 한 시간, 두 시간이 지나자 계속 튀어나가고 싶고 눕고 싶고 빵을 먹고 싶었다. 그렇게 30분을 고민하다가 도서관을 나와 지하철을 타고 근처 역에 내렸다. 그리고 홀린 듯이 코인 노래방에 들어갔다. 어라….

홀린 듯이 들어간 것치고는 복숭아 음료수도 야무지게 준비해 왔다. 얼마만의 노래인가. 나는 '누구라도 그러하듯이'를 시작으로 전혀 고요하지 않은 노래방 반주 리듬에 내 몸을 맡긴 채 애창곡을 열 곡 정도 불렀다. 남은 하루는 정말 조용하게 보내고자, 혼자 비건 식당에 가서 칵테일을 시키고 공책과 연필을 꺼냈다. 혼자 칵테일을 홀짝이며 고독을 기록하는 장면을 기대했으나, 그곳엔 주린 배를 채우기 위해 허겁지겁 튀김을 연달아 집어 먹는 내가 있을 뿐이었다. 공책을 아예 가방에 넣고 식사를 마쳤다. 남은 튀김은 밀폐 용기에 담아 호텔로 돌아갔다. 호텔의 밀폐된 방이라면 고요해질 수 있겠지. 하지만 역시나 침대에 비스듬히 앉아 배부른 배만 두들겼다. 다음 날 아침에는 한참 누워있다가 점심이 되어서야 나왔다. 어제 그렇게 먹었는데도 인도 커리를 사 먹고 집으로 돌아왔다.

노곤했다. 사색은커녕 기분만 들뜬 망한 휴가였다. 그제야 나는 반복되는 생활 패턴을 좋아한다는 걸 깨달았다. 매일 저전력 모드로 자기 전까지 작업을 놓지 않는 지금의 생활이 내가 찾은 최적의 환경이었다. 그 환경 안에서 내가 가장 이완된 상태로 사색할 수 있는 것이다. 고독은 특별한 곳이 아니라 아주 진부한 일상 속에 있었다.

행복 연구소

율동하는 추억

진동 소리가 들려 비몽사몽한 상태로 스마트폰 화면을 보니 병원에서 걸려 온 전화였다. 진료 예약 시각이 넘도록 자버렸다. 약속을 어겼다는 죄책감과 하루가 망할 것 같은 불안감에 전화를 피하고 다시 눈을 감았다. 일주일 내내 집에만 있는데도 몸이 무겁고 피곤했다. 작업 마감일이 다가올수록, 시간이 없다는 조급함과 잘하고 싶다는 욕심이 불안을 키우고 있었다. 심장을 쥐어짜는 듯 답답했고 손끝 발끝이 굳은 채 침대에서 벗어나지 못했다.

다음 날도 힘이 없어서 친구와의 점심 약속을 취소하기 위해 문자를 보냈다. 친구는 그렇다면 줄 것이 있으니 잠깐 집 앞으로 나와줄 순 있냐고 물었다. 우리 집 근처에 볼일이 있어 오는 길이라서 나는 눈곱만 떼고 나가도 되는 상황이었다. 고마운 선물을 돌려보낼 수는 없기에 나는 꼬질꼬질한 상태로 나왔다. 결국 나온 김에 학원가로 나가 밥도 같이 먹기로 했다. 식사를 기다리며 친구는 내게 교환 일기장과 편지 그리고 USB를 건넸다. USB에는 영화 〈겨울왕국〉에 등장하는 눈사람 올라프가 달려있었다. 올라프는 'ART'라고 쓰인 책을 거꾸로 들고 특유의 해맑은 미소를 짓고 있었다. 서하는 내가 떠올라 이 깜찍한 장식품을 골랐다고 했다. 세 가지 선물을 하나씩 쓰다듬은 후 소중히 가방에 넣었다.

서하와는 초등학생 때부터 방과 후에 함께 놀이터를 누볐다. 중학교를 같이 다니는 동안엔 교환 일기장도 주고받았다. 두 권을 만들어 가끔 서로 교환하는 형식으로 일기장을 채워나가다 2012년을 끝으로 방치하고 있었는데, 작년부터 이 일기장을 꺼내 다시 교환하기 시작했다. 사실 세 명이 쓰던 일기장인데 둘이서 먼저 이어가기로 했다. 한 권은 표지와 내지에 알록달록한 일러스트가 꽉 차 있고, 한 권은 양장본으로 자물쇠가 달려있다. 20년이 되어가는 이 보물을 보면, 시간이란 어떤 단위로 쪼갤 수 있는 것이 아니라 하나의 끊임없는 흐름이라는 것이 느껴진다. 우리는 여러 계절을 지나며 몸집이 커지고 성격도 변했지만, 나는 여전히 나고 서하는 여전히 서하라는 것을, 세상에 그렇게 지금껏 존재해왔음을 느끼며 마음이 살짝 물결친다. 따뜻한 식사 후 커피 한 잔을 들고 어릴 적 자주 놀았던 놀이터에서 이야기를 더 했다. 각자 집으로 돌아가는 동안에도 스마트폰으로 영상을 찍으며 수다를 떨었다.

'안녕' 하고 작별한 후 집에 들어오자마자 USB에 무엇이 담겼나 궁금해서 컴퓨터를 켰다. 그곳에는 2003년부터 2020년까지 우리들의 추억이 폴더로 정리되어 있었다. '아…!' 가장 오래된 2003년도 폴더의 이름은 '유물 발굴'이었다. 스마트폰이 없던 시절 서하가 캠코더로 기록한 영상이 담겨있었다. 영상은 미끄럼틀 위에서 시작했다.

까비: 얘들아, 안녕!

친구들: (꺄르르 웃음)

서하: (다미의 얼굴을 클로즈업하며) 다미야, 네 얼굴을 분석해보겠어. 가까이. (심하게 클로즈업해 화면은 하얀 귀와 까만 머리카락으로 채워진다.) 오! 귀가 보여. 오! 머리카락이 보이는데? 흐어어어어.

까비:　　너 지명자 수배하냐?*

친구들:　(꺄르르 웃음)

　　　　*'너 지명 수배자 사진 찍냐?'는 뜻인 것 같다.

　　영상 속 아이들은 함께 있는 것만으로도 즐거워 보였다. 놀이터에서 나와 초등학교 운동장으로 장소를 옮겨 교훈 팻말, 철봉, 비둘기, 정원을 찍었다. 영상은 화질이 낮고 색도 탁하고 노이즈가 끼어있었지만 화면 속 하늘은 그 어느 날보다도 화창해 보였다. 어릴 적 우리 집엔 캠코더가 없어서 영상을 찍지 못했기에, 이 데이터가 너무나 소중했다. 동요처럼 들리는 목소리, 발소리에 율동 같은 아이들의 움직임이 생생해서 시간을 거꾸로 돌린 듯한 기분이 들었다.

　　혹여 USB가 고장 날까 봐 데이터를 클라우드에 저장하고선 아침과 달리 가뜬한 몸으로 침대에 누웠다. 천장을 보며 몸에 남아있던 긴장을 푸니 내 안에는 수줍고 놀기 좋아하던 그 초등학생이 여전히 살고 있다는 걸 느낄 수 있었다. 카톡 알림이 떴다. 서하가 오늘 놀이터에서 찍었던 우리의 영상을 전송해줬다. 우린 어느새 이렇게 컸을까. 앞으로 얼마나 더 클까.

파란 나라를 보았니

내 SNS 프로필 사진은 하나의 그림으로 통일되어 있다. 파란 하늘에 하얀 달이 떠 있고, 그 달을 향해 반투명하고 반짝이는 손을 뻗고 있는 그림이다. 몇 년 전 프리랜서가 되어 처음으로 그린 그림이라 내가 좋아하는 요소를 잔뜩 넣었다. 달, 손짓, 반투명함, 별, 반짝이는 느낌 그리고 파란색. 난 그림을 파란색으로 칠하길 좋아한다. 연하고 탁한 파랑부터 진하고 채도 높은 파랑까지 각기 다른 매력이 있다. 파란색은 기본적으로 한(寒)색이니 차가움이 느껴지기 쉽지만, 사실 파란색엔 깊은 따듯함이 배어있다. 진한 파란색은 시끌벅적하던 도시를 덮은 밤하늘처럼 어지럽던 마음을 고요하게 덮어주고, 활기차게 웃지 않더라도 조용히 자세를 낮추어 우울을 어루만져준다. 밝은 파란색은 쾌청한 날 부는 시

211

원한 바람과 같아서 퀴퀴했던 기분을 환기해준다.

　이 그림에도 이런 파란 마음을 담아 제목을 〈달의 위로〉라고 지었다. 그림을 시작하던 당시 나는 어둠 속에 갇혀 살고 있었다. 그림이 좋아서 회사를 관둔 것이 아니라 버티지 못해 회사에서 튕겨 나왔고, 그림 작가가 되기로 한 건 혼자 할 수 있는 일이 그것밖에 없어서였다. 매일 게으르게 지냈다. 한나절이 지나도록 누워서 스마트폰만 만지며 머리가 아프도록 작은 화면을 눈에 쑤셔 넣었다. 이성적으로 생각해도 미래는 암담했다. 희망? 그것은 허수아비에 박힌 단추 눈동자처럼 부질없었다. 그런데 신기하게도 그림을 그릴 때면 나도 모르게 희망 부스러기를 뿌리게 되더라. 〈달의 위로〉에는 어두운 마음이 깔려있지만, 빛나는 달이 떠올랐고, 그 달에 닿지는 못할지라도 작은 힘으로 손을 뻗어보는 모습이 담겨있다.

　얼마 전 파랑에 대한 애정이 더해졌던 일이 있다. 가수 혜은이님이 부른 '파란나라'를 다시 듣고서였다. 꿈과 희망이 가득하고 천사들이 살며 울타리가 없는 파란 나라에 관한 노래다. 누구도 본 적 없는 파란 나라지만 함께 만들어가자고 이야기한다. 통통 튀는 음이 활기차게 흘러서 듣는 내내 기분이 율동한다. "난 찌루찌루의 파랑새를 알아요." 노래 가사 일부다. 찌루찌루의 파랑새가 뭔지 궁금해서 검색해 봤더니 모리스 마테를링크의 희곡 「파랑새」에 등장하는 파랑새라고 했다. 그렇구나. 나는 그길로 서점에서 『파랑새』를 구매해 읽었다. 책의 주인공인 두 아이는 요술쟁이 할머니의 요청으로 파랑새를 구하기 위해 집을 나선다. 추억의 나라, 밤의 궁전, 행복의 정원, 미래의 나라를 거치며 일 년이 넘도록 헤매지만 결국 파랑새는 찾지 못한 채 집으로 돌아오게 된다. 아무것도 손에 넣지 못해 속상함과 허망함이 밀려드는 순간, 아이들은 발견한다. 곁에서 숨 쉬고 있는 작은 파랑새 한 마리. 비로소 아이들은 파랑새가 이미 예전부터 집에 있었다는 사실을 알게 된다. 집은 여행을 떠나기 전과 같은 모습이었지만, 이제 아이들은 익숙한 존재를 새롭게 보는 눈을 얻었기에 모든 것을 소중하게 느낀다. 행복은 특별한 곳에 있는 게 아니라 가까이에 있다는 사실을 깨닫는다.

노래로 파란 나라에 다녀오고 희곡으로 파랑새를 만난 후, 내 파란 그림이 더 좋아졌다. 파랑 안에 '가까운 행복'이라는 의미가 더해졌기 때문이다. 〈달의 위로〉에서 손은 달을 움켜쥐진 못했지만, 달을 향해 뻗은 그 손은 이미 달빛을 조금 머금고 있다.

죽음은 세계를 남긴다

미래가 무너지던 날 삶의 이유를 고민하기 시작했다. 수능 성적이 평소보다 4등급 낮게 나온 후, 낮은 성적에 맞춰 지원한 대학에도 다 떨어져 재수했을 때다. 지금 돌아보면 재수한 게 뭔 대수인가 싶지만, 나는 어릴 적부터 사회가 정해준 울타리를 벗어나는 일을 끔찍하게 두려워했다. 강박과 열등감이 심한 아이였다. 그 당시 내게 수능은 인생을 결정짓는 절대적 시험이었다. 재수 생활이 시작되고, 나는 매일 슬픈 아이가 되었다. 죽고 싶다고 여러 차례 생각했다. 죽음은 완벽한 도피처럼 느껴졌다. 왜 살아야 할까. 책상 앞에 앉아 문제집을 들여다보며 궁리했다. 죽느냐 사느냐, 햄릿만 그런 게 아니다.

잘 살기 위해 산다는 말은 전혀 와닿지 않았다. 나는 이미 망했기 때문에 잘 살지 못하더라도 살아갈 이유가 있어야 했다. 먼저 내가 죽지 않은 세상을 상상해봤다. 가족에겐 실망만 주는 골칫덩어리가 되어, 자신감을 잃은 채 무엇에도 도전하지 못하고 수동적으로 살고 있었다. 그런데도 이상은 높아서 현실에 만족하지 못하고 우울하게 늙어갈 테다. 끔찍했다.

내가 죽은 후의 세상도 상상해봤는데, 곧장, 죽으면 안 된다는 결론이 나왔다. 내가 아무리 '망한 인생'을 살더라도 나를 사랑하는 이들은 나의 죽음을 더 싫어하고 슬퍼할 게 분명했기 때문이다.

누군가의 죽음은 그가 상실된 세계를 새롭게 만들어내는 일이 된다. 달이 있는 세상과 달이 사라진 세상으로 비유해볼까. 매일 밤 뜨던 하얀 달이 어느 순간 사라졌을 때, 그 달이 힘을 미치던 지구는 크게 달라진다. 밤이 깜깜해지는 것은 물론, 달의 인력이 없어진 지구 자전축의 기울기가 달라져 기후가 급격히 변하고 생물들은 큰 혼란을 맞이할 것이다. 마찬가지로 누군가의 물리적, 정신적 실체가 사라지면,

그가 세상에 없다는 것 자체가 그와 닿았던 이들의 세계에 영향을 미친다. 물론 고인이 취향껏 수집한 엽서들도, 하루 몇 시간 마주하던 모니터도, 아침마다 따뜻한 물을 담던 컵도 그의 죽음에 동요하지는 않을 것이다. 상실은 마음이 있는 존재에게 힘을 뻗친다.

죽음은 내 세계만의 일이 아니라는 것. 그 삶의 인력을 느끼며 계속 살아야겠다고 마음먹었다. 내가 사랑하고 나를 사랑해주는 이들이 아파하지 않길 바랐다. 여전히 나는 비틀거리며 살아나갔지만 죽음에 대해 고민하기 전과 분명히 달라졌다. 삶을 이어가는 일은 내가 누군가를 사랑하는 방식이 되었다. 위태롭게 흔들리면서도 삶에 발을 딛고 버티는 과정을 겪으며, 죽음은 사라짐보다는 이별에 가깝고 삶은 능동적 사랑에 가깝다는 생각이 내면 깊숙하게 자리하게 되었다.

이제는 즐거움

주 2회 PT를 받으며 운동하고 있다. 스스로 하면 좋겠지만 의지가 몹시 박약하여 내가 운동하기 위해선 꼭 돈을 내야 한다. 반년 넘게 꾸준히 한 덕분에 예전보다 더 무거운 무게도 수월하게 들게 되었고 몸이 바르게 펴졌는지 키도 컸다. 작년에 171.5cm였는데 올해 재보니 172.7cm이다. 성장판이 아직 열려있나 싶어 인터넷에 검색해봤지만 전문가들이 그럴 일은 없다면서 체형이 교정되면 숨은 키를 찾게 되는 경우가 있다고 했다. 오… 스무 살 땐 170cm였는데 나는 얼마나 구부정했던 것인가. 운동하며 체력이 오르자, 식사를 제대로 하고 있는지 확인하고 싶어서 며칠 전부터 PT 선생님에게 내가 먹는 음식 사진을 실시간으로 공유하고 있다.

월요일

9:18 카레 국수와 비건 탕수육입니다.

1:25 과자와 오트라테와 비건 탕수육입니다.

5:25 버섯 샐러드입니다.

6:42 커피와 과자입니다.

9:02 샐러드와 비건 동그랑땡입니다.

화요일

12:51 해초 비빔면과 비건 동그랑땡입니다.

1:44 과자와 커피입니다.

6:03 토마토 파스타와 양상추입니다.

8:04 커피와 마지막 과자입니다.

매일 매일 하루도 빠짐없이 커피와 과자를 섭취하고 있었다. 선생님은 나머지 식단은 좋은데 과자를 줄이고 단백질을 늘리라고 조언해주었다. 나는 과자를 사수하고 싶어서, 주먹만큼만 과자를 먹는 것도 많이 먹는 거냐고, 과자를 배부를 때까지 먹진 않는데 괜찮은 거 아니냐고 물었지만, 선생님은 고개를 저었다. 선생님이 그렇다면 과자 대신 단백질바를 먹어보는 건 어떻겠냐고 말하길래 나는 집으로 가자

마자 초코맛 단백질바를 주문했다.

　　요즘 나는 존재의 의미보다는 즐거운 발화(發花)에 관해 고민한다. 커피와 과자란… 내 즐거움의 필수 요소이다. 얼마 전 아주 맛있는 간식을 발견했다. 과일 찹쌀떡이라고 딸기나 키위 등 여러 과일에 팥 앙금을 올린 후 얇은 찹쌀떡으로 감싼 간식이다. 과일은 안 좋아하는데 과일 찹쌀떡은 참 맛있다. 이가 닿는 순간 부드럽게 형태가 무너지며 쫀득하게 씹히는데, 새콤하고 달콤하고 구수한 맛이 입안을 휘감는다. 다리가 후들거릴 정도로 하체운동을 하며 생각한다. '오늘 운동을 했으니 집에 가서 과일 찹쌀떡 먹어야지.'

인파

슴슴한 이별

'솜'군과 헤어졌다. 아직도 내게 소중한 사람이지만 가장 먼 사람이 되었다. 솜군과 오른 여행길 첫날 꽤 무거운 대화를 나눴다. 둘 다 언젠가 결혼하고 싶어 하는데, 서로가 그 상대로는 맞지 않을 것 같다는 이야기였다. 나는 그를 많이 좋아했지만 나와 그의 가치관은 크게 어긋나 있다는 걸 느끼고 있었다. 솜군이 이런 이야기를 꺼냈을 때, 나는 괜찮다고, 그런 건 미리 걱정하지 않아도 된다고 말했다. 여행을 마치고 집으로 돌아오는 길에 우리는 더 무거운 이야기를 나눴다. 솜군은 나에게 불만을 말했고 나는 기가 죽어 집으로 들어갔다. 내가 솜군에게 헤어지자고 말했다. 표면상으로 그렇지만 솜군에게 차인 건 나였다. 눈물이 나진 않았다. 내 연애사 중 가장 슴슴한 이별이었다.

그런 줄 알았는데, 무의식적으로 크게 타격을 입었나 보다. 나름대로 나 자신에 관해 성찰하며 나를 잘 이해하고 살아온 줄 알았는데 아직도 나는 나를 몰랐다. 이별 후 몸살을 크게 앓았고 무기력증은 심해졌다. 짧은 연애였지만 불안해하지 않고 마음껏 사랑을 느끼고 표현했다. 연애가 달콤했던 만큼 이별은 아쉬운 뒷맛을 남겼다. 앞으로 그와의 시간이 전혀 없을 거로 생각하니 허전해서 심장이 아팠다.

그나마 내가 할 수 있는 건 영양가 높은 음식을 챙겨 먹는 일이었다. 채소가 푸짐하게 들어간 배달 음식으로 끼니를 챙기며 조금씩 일상을 정비하고 있다. 내 마음은 그리 대단치 않다. 나만이 어떤 숭고한 사랑이나 아픔을 느낀다고 여기지 않는다. 오히려 변덕스러운 구석이 있다. 시간이 흐르면 기억은 여러 감정을 갈아입으며 그럴싸한 추억이 될 것이다. 그 변태 과정에서 무의식이 내주는 수수께끼를 풀며 나는 눕고 일어나기를 반복할 것이다. 마른 눈물도 조금 삼키면서.

넷,

꺼지지 않는

빛

잘 다려진 마음

꺼지지 않는 빛

내가 다니는 병원은 아늑한 베이지빛이다. 자리 잡은 가구는 어느 하나 튀지 않고 조화롭게 공간을 구성하고 있다. 대기 공간 옆방에는 신발 벗고 들어가 편히 앉아 쉴 수 있는 빈백(bean bag)이 놓여있다. 일주일간 기운이 나지 않았더라도 병원에 도착하면 상태가 좋게 느껴진다. 그래서 선생님이 나에게 어떠냐고 물으면 어쨌든 지금은 괜찮으니 어떻게 답하면 좋을지 고민하곤 한다. 권위와는 거리가 먼 선생님은 옷차림도 편안하다. 언제나 서글서글한 미소로 나를 맞이해준다. 약물 치료 위주의 병원이지만 따뜻한 말도 처방하곤 한다.

어느 날엔 선생님이 세상에 필요 없는 색은 없다며 나보고 내 색깔을 존중해주라고 그랬다. 선생님이 보기에 나는 강렬한 원색보단 은은한 파스텔톤에 가까운 사람이라고 했다. 흐릿하고 투명해서 존재감이 옅게 느껴지는 빛깔이지만 매력이 있다고 했다. 파스텔 색상은 색이 연한 만큼 다른 색의 침투를 받기 쉬운데, 그래서 그 색을 지켜나가는 일만 해도 훌륭하다는 말도 들었다. '그, 그런가!' 왜인지 미소를 참기 어려웠다. 포근한 마음을 안고 집에 돌아와 겉은 바삭하고 속은 촉촉한 호두과자를 먹었다. 일기도 썼다. "그곳에는 매력이 있다…."

강렬한 카리스마가 있는 사람을 동경하곤 했다. 할 말 똑 부러지게 하고 멋지게 일하며 사람들에게서 존경받는 이상형을 그렸다. 그에 비해 나는 언제나 부족한 것만 같았다. 누군가 내 그림에 달아준 칭찬 댓글에 신나 하면서 이모티콘을 써서 대댓글을 다는 사소한 구석에서도 나는 카리스마와 멀게 느껴졌다. 피구 시합에서 최후의 2인이 될 때까지 나의 존재를 들키지 않았던 것처럼, 다른 이들의 기억에서 나는 모호하게 존재해서 금방 증발하지 않을까 싶었다. 하지만 사실 나는 30년 넘게 증발하지 않고 이 지구에서 적당한 질량을 유지해오고 있다. 더 정확하게 말하자면 질량을 불려오고 있다. 달달한 간식을 매일 먹고 있으니 당연한 결과다.

얼마 전 강연을 들은 한 학생이 내게 질문했다.

"작가님께서 책에 포근하지만 강렬한 사람이 되고 싶다고 쓰셨는데, 그 의미가 무엇인가요?"

"음… 저는 둥글고 부드러운 사람이거든요. 그런데 부드럽다는 건 나약함을 뜻하는 게 아니라고 생각해요. 오히려 온순함은 더 큰 힘을 지니고 있을 수 있죠. 저는 온순하지만 카리스마 있는 사람이 되고 싶어요. 강단 있는 성격도 멋지지만 제 성격상 그렇게 하진 못하니까요. 그래서 포근하고도 강렬한 사람이 되고 싶다고 썼어요."

질문에 답을 하면서 내가 나 자신을 어떻게 대하면 좋을지 발견한 듯했다. 나의 온순한 성품은 바꿀 수 없다. 그렇다면 은은하지만 꺼지지 않는 빛으로 살아가겠다.

인사

작업을 완수하는 일

　집 앞에 주욱 이어진 도로를 따라가다 보면 족히 20분은 발을 멈추지 않고 걸을 수 있다. 자동차 굴러가는 소리가 어수선하기도 하지만 나름 괜찮은 산책길이다. 중간 중간 심긴 가로수 잎사귀가 익어가는 모습을 보는 것도 재밌고, 하늘 맑은 날 매연 섞인 공기 틈에서 찾는 약간의 달콤함도 있다. 우울증 초기에는 감각이 굳어 있었는데 이제는 다채로운 긍정이 들어온다.

　이십 대 중반부터 시작된 우울증에서 이제 벗어나나 싶었다. 대인 관계도 안정적이고 운동도 규칙적으로 하고 좋은

출판사 몇 군데에서 출간 제안을 받아서 그 기회도 모두 잡은 상황이었다. 그런데 정신 차려보니 나는 어둠에 삼켜져 있었다. 모든 걸 우울증으로만 설명하고 싶진 않다. 나의 건강하지 못한 습관과 유약한 기질이 뒤섞이고 그것이 약간의 우연과 만나 나를 망가뜨렸다.

간단한 업무 메일 답장도 보내지 못할 정도로 무기력해졌다. 가슴을 움켜쥔 채 죽는 상상만 했다. 장례식을 마치고 쓰기로 한 글도 진도가 나가지 않았다. 상태가 좀 호전되나 싶다가도 어김없이 깊은 우울에 빠졌고 함께 일하는 사람들에게 큰 피해를 줬다. 늘 그랬듯 어둠이 곧 지나가겠지 싶다가도 두 해가 넘도록 상태가 이러니 '내 인생은 분명 망했구나'라고 굳게 믿었다. 앞으로 더는 글을 쓰지 못할 것 같아서였다. 글쓰기는 나에게 단순히 돈을 버는 도구가 아니라 내가 나로 살아가게 하는 존재 방식이기 때문이다.

이야기 짓기와 인생 살기는 닮았다. 내가 가진 이야기는 초라하다며 비하하기도 하고 내 문장들이 구려서 괴로워하기도 하지만 그럼에도 작업을 이어가는 것처럼, 나 자신을 지독하게 혐오하면서도 끝끝내 살아가는 것이다. 글을 쓸

때 나를 소재로 삼으려면, 내 삶에 대한 최소한의 애정이 있어야 써나갈 수 있다. 반대로 글을 끌고 가며 문장을 쌓는 일은 나를 애정해나가는 일이기도 하다.

완수해야 할 첫 번째 작업은 나의 장례식에 대한 글이다. 장례식을 치르며 소중한 가치를 되돌아보고 삶을 한번 정리해봤으니 그 이후의 삶은 좀 수월할 줄 알았는데, 그런 이야기를 쓰고 싶었는데, 그런 추측과 소망은 내 오만이었다. 삶은 달라지지 않았다. 작업에 대한 압박감은 날로 심해지고 일상의 균형은 깨졌다. 글쓰기는 사실 내 능력 밖의 영역이지 않을까, 나는 헛된 꿈을 꾸고 있는 게 아닐까 좌절하기도 했다. 상태가 엉망인데도 나는 여전히 작업을 놓지 않으려 하고 있다. 어느새부턴가 이 글을 완성하는 일 자체가 삶의 의지를 다지는 일이 되었기 때문이다. 이걸 끝내야 그 다음을 살아갈 수 있을 것만 같다. 성실하지 못하지만 뻔뻔하게 붙들고 있다.

편집자 예림님도 못난 작가 보선을 기다려주고 있다. 예림님을 떠올리면 밝은 날 눈물이 방울방울 흩어지는 가운데 멜빵 청치마를 입고 머리는 반묶음을 한 채 손을 흔들고 있는 모습이 그려진다. 이따금 예림님과 만나 회의할 때면 나의 이야기를 이토록 정성스럽게 읽어준다는 점이 너무 고맙다. 어떻게 하면 진정성을 놓치지 않고 독자에게 닿을 수 있을지도 같이 고민하며 많이 도움받고 있다. 잘해야 한다는 중압감에 정신 차리지 못하는 내게 예림님이 말했다. "누구나 살아봤잖아요. 그러니 누구나 할 수 있는 이야기고, 작가님도 할 수 있어요." 나는 살아가고 있으니 삶을 이야기할 자격이 충분하다는 말 같았다. 삶도 작업도 끝내 완수해야겠다고 생각했다. 나와 예림님 외에 누군가 이 글을 읽고 있다면 마침내 성공한 것이겠지. 미래에 이 글을 독자님께서 읽어주실까? 그래요. 당신이 꼭 읽어주면 좋겠어요. '나는 이렇게 살아냈답니다.' 하고 말하고 싶어요.

함께 추는 춤

머리말 보물 상자

이부자리맡에 상자가 있다. 모서리가 둥근 아이보리색 철제 상자로 식물 무늬가 그려져있다. 이곳에 좋아하는 물건을 모아두었다. 가끔 친구들이 집에 놀러오면 좁은 방을 보여주면서 상자도 소개한다. '나는 이런 것들을 모았지롱.' 자랑해버린다.

상자를 여는 일은 거의 없지만 이따금 생각나서 뚜껑을 열면 나의 반짝이던 감정을 되살릴 수 있다. 아로마 오일과 가수 유소이님에게서 받은 그림 액자와 친구의 편지를 시작으로, 심리코칭 자료, 책『모험도감』, 선물 받은 회중시계,

237

오리 인형 등이 합류하며 상자 안은 북적이게 되었다. 모두 거창한 추억은 아니라도 분명히 행복한 순간의 증거물들이다. 일상의 평온한 순간들이 행복한 점묘화를 그린다. 살다 보면 지난 행복들을 깜박하기 쉽기에, 잃어버리지 말라고 상자에 담는다.

보물 상자는 가끔 구급상자 역할도 한다. 어둠이 끝나지 않을 거란 착각이 들 때, 각각 다른 시기에 모인 행복의 증거물들을 바라본다. 삶이란 언제나 빛나는 것도 아니고 언제나 어두운 것도 아니라는 진리를 되새기며, 다시 내게 평온한 순간이 오리라고 믿는다.

유소이님이 준
그림 액자

아로마 오일

친구의 편지

심리코칭 자료

오리 인형

『모험도감』

교환 일기장

내가 좋아하는
작가님 키링

친구가 준 회중시계

나의 상패 보관함

안 도망가서
주는 상

맛있는 것
잘 먹어서 주는 상

넘어져도
다시 일어나서
주는 상

인생 개근상

미운 놈 떡 하나
더 주는 상

일회용 컵 대신
텀블러 써서
주는 상

들리나요?

    할아버지 무덤은 공원 양지바른 자리에 있다. 조화 네 다발, 소주 한 병, 사과 하나, 돗자리를 챙겨 꼬불꼬불 길을 타고 올라 무덤으로 향했다. 예전에 꽂아둔 조화가 빛바래지 않고 선명한 색을 뿜내고 있었다. 공원이 깨끗하게 관리된 듯해 안심하며 새 꽃을 꽂았다. 엄마, 아빠, 나, 셋이 순서대로 절을 올리고, 남은 소주를 무덤에 뿌린 후 돗자리에 앉아 가져온 음식을 먹었다. 드러누워 하늘을 바라보니 하늘은 쏟아질 것처럼 맑고 거대했다. 무덤이 가득한 공원이지만 나무가 많고 전망이 탁 트여있어 기분이 절로 신선해졌다. 엄마는 사과를 깎아 아빠와 내게 건넸다. 아삭하고 달콤한 사과와 함께라니 거의 나들이다. "할아버지한테 뭐라고 말하면서 절했어?" 엄마가 물었다. 나는 "그냥 별로."라고 답했다. 너무 어렸을 적에 돌아가셔서 기억도 잘 안 나고, 할아버지가 내 목소리를 듣고 있을 거라고 생각하지도 않았던 것 같다. 엄마가 "할아버지한테 책 많이 팔아달라고 그러지." 하셨다. 그 말을 듣고 나는 무덤덤하게 무덤을 바라보며 속으로 빌었다. '할아버지 책 많이 팔게 해주세요!'

휴식 한 권

모래시계와 함께

    눈을 뜨면 역시나 오전 10시쯤이다. 화장실에서 세수하고 돌아와 다시 누워 개운하고도 몽롱한 상태로 이불의 감촉을 느낀다. 내 이불은 도톰하지만 안에 솜이 성기게 들어 있어서 매우 가볍다. 이리저리 자세를 바꿔가며 스마트폰을 보다가 마침내 일어나 하루를 시작한다. 새로 이사한 집에는 거실 하나 방 하나 화장실 하나가 있다. 복층 오피스텔에 살 때는 창문을 반밖에 열 수 없어서 답답했는데, 여기는 창문을 한껏 밀어 열 수 있다. 방에서 나와 창문을 열고 햇빛과 바람을 맞이한다. 밤새 내려앉은 꿉꿉한 꿈의 잔향이 환기된다. 가볍게 식사한 후 커피를 들고 컴퓨터 앞에 앉아 오늘

할 일을 적어본다. 한 시간 동안 흘러내리는 모래시계로 매일 작업하는 시간을 체크하고 있다. 하루 평균 여섯 시간 일하기 때문에 시간을 잘 분배해야 한다. 프리랜서라서 기본적인 일정은 유동적이지만 하루 패턴은 비슷하게 흘러간다. 규칙적인 생활은 몸에 좋다지. 나는 요즘 루틴의 효과를 톡톡히 보고 있다.

모래시계로 하루를 기록한 지 두 달이 넘어간다. 쉬지 않고 일한 것 같은데도 막상 돌아보면 예닐곱 시간밖에 안 된다. 운동하고 청소하고 공부도 하다 보니 시간이 부족하다. 모래시계를 쓰면서 내가 지닌 하루의 한계를 인식하고 이해하게 되었다. 예전에는 마음만 앞서서 하루에 열두 시간 분량의 목표를 세워두고 해내지 못하면 자책하고 무기력에 빠지곤 했는데, 지금은 한계를 넘어서는 방식이 아니라 한계까지 채우는 방식으로 목표를 세운다.

시간을 재는 도구는 다양하지만 나는 모래시계가 좋다. 너무 예쁘니까. 투명한 모래시계를 뒤집으면 하얀 모래가 쏟아지며 시간이 흐르기 시작한다. 주어진 시간이 다 흐르면 모래가 언덕이 되어있다. 빛을 받으면 미세하게 반짝이기도 한다. 스마트한 전자시계와 달리, 모래시계는 시간을 숫자로 보여주지 않는다. 모래알이 성실하게 제 속도로 떨어지며 시간을 쌓는다.

하루에 하루만큼 살아가니 안정감이 든다. 물론 우울하다가 즐겁다가 외롭다가 슬프다가 기뻐하며 기복은 있으나, 무사하다고 분명히 말할 수 있다. 무사한 하루를 몸에 배게 하는 것이 중요했다. 그래야 며칠 울적하더라도 다시 익숙한 하루로 돌아올 것임을 믿을 수 있다. 스스로 마음속에 튼튼한 집 하나를 지은 듯하다. 온종일 정글을 헤매더라도 밤이 되면 집에 돌아와 아늑한 침대에 누워 잠을 청할 수 있다. 타인이나 자극적인 콘텐츠에 의지하지 않더라도 내 집에서 충분히 쉬면서 내일을 준비할 수 있다. 조금씩 독립적인 인간이 되어가는 게 아닐까? 무기력증에 매번 지며 속이 텅빈 껍질 인간으로 겨우 걸음을 내딛던 때가 있었다. 지금은 다르다. 심장 가장 안쪽부터 실한 감자 같은 알맹이가 자라나고 있음을 느낀다.

자유 선고

철학자 장 폴 사르트르는 『실존주의는 휴머니즘이다』(문예출판사, 2013)에서 "사람은 자유로우며 사람은 자유 그것이다."라며 "인간은 자유 선고를 받은 셈"이라고 말한다. 자유로운 존재는, 세상을 바라보는 기준과 규칙을 스스로 고민해야 하고, 삶의 의미나 가치 또한 스스로 찾아야 하며, 자기 자신을 만들어가는 일의 책임을 모두 혼자 짊어지기에, 괴롭고 불안하기 쉽다. 그래서 보통 형벌을 내릴 때 쓰이는 '선고'라는 단어가 자유와 무척 잘 어울린다. 우리는 자유를 선고받았고, 그럼에도 매 순간 삶을 선택하고 있다.

자유 앞에서 허무함에 절망하는 사람이 있고 뭐든 될 수 있다는 가능성에 해방감을 느끼는 사람이 있는데, 나는 후자에 가까워졌다. 나에겐 도전하지 않을 이유가 없다. 남에게 해를 끼치지 않는 선에서 하고픈 일을 해보고 새롭게 사고해본다. 물론 자유란 세상 안에서 가능하다. 세상과 동떨어진 채 혼자의 힘으로 살고 싶은 사람은 오만에 빠지기 쉽다. 공간은 삶의 조건이다. 넓은 영역에서 자유롭고 싶다면 세상을 넓게 이해해야 한다.

아직 모르는 것투성이다. 자연에게 건네는 친절과 사람에게 건네는 친절이 일맥상통한다는 사실을 최근에 알았고, 우정을 지키는 데에 의식적인 노력이 필요하다는 것도 한참 나중에야 알았다. 게으르지만 조금씩 공부해가고 있다. 세상을 이해해갈수록 나는 더 나답게 선택하는 삶을 살 것이고, 좀 더 자유로워질 것이다.

골절된 마음

"겨드랑이가 행복해할 것 같아요."

간호사님이 목발을 짚을 때 겨드랑이가 닿는 부분에 서비스로 붕대를 감아주시길래 고마워서 말을 건넸다. 얼마 전발이 골절되어 병원에 왔는데 의사 선생님과 간호사 선생님들이 무척 친절하다. 발목에 주사를 맞는 동안 인형도 쥐여주고, 한 간호사님이 발에 깁스를 채워주는 동안에 다른 간호사님은 달고나 맛 사탕을 손수 입에 넣어준다. 달았다. 내키에 맞게 조율된 목발로 걷는 시범도 보여줬다. 나중에는날아다닌다면서 빠르게 목발을 짚는 버전도 선보여줬다. 집에 돌아갈 때는 엘리베이터까지 배웅해주었다.

　마음이 말캉거렸다. 요즘 정신도 골절되어 방구석에서 골골대다가 나온 거였는데 뜻밖의 위로를 받았다. 암울하기만 했던 하루였지만 따뜻하게 보살핌받던 그 순간만큼은 모든 고민을 잊고 평안을 느낄 수 있었다. 그분들과 나눈 대화도 거의 없고 치료가 끝나면 더 볼 일이 없을 듯하지만, 마음에 금이 가 있던 터라 따뜻한 친절함이 그 틈에 파고들어 더 깊은 곳까지 닿을 수 있었다. 불안한 미래 앞에서 삶의 바다를 표류하고 있는 요즘이다. 나는 언제나 끝없이 넓은 바다를 마주하겠지. 그러다 이따금 발견하겠지. 작고 동그란 달고나 향 부표.

친구의 새집

서하가 새집 집들이하는 날, 늦잠 잔 주제에 미적거리느라 지각하고 말았다. '딩동' 벨을 누르자 문이 열렸고 서하가 방긋하며 얼굴을 내밀었다. 연신 '후와~' 하면서 집을 돌아봤다. 피규어가 돌아가는 스피커, 인형 쿠션, 귀여운 발수건, 동물 모양 조명, 캐릭터 컵 등 서하의 예전 작은 집에는 다 담기지 못했던 서하의 취향이 가득 차 있었다. 추억을 담은 사진들도 곳곳에 붙어있었다. 서하는 소중한 순간을 간직하고 그 순간을 미래에도 느낄 수 있는 사람이다. 서하가 마음에 드는 사진을 골라 정성스레 벽에 붙이는 모습을 상상해봤다. 분명 사진 속 기억을 길어 올려 현재의 순간마저

적시게끔 했을 것이다.

손을 닦으려고 화장실에 들어갔는데, 여기에서는 굵은 글씨로 '후와~' 했다. 거울에 물때가 하나도 없었기 때문이다. 이렇게 깔끔한 화장실은 처음이었다. 곧이어 도착한 다미에게 나는 서둘러 이 깨끗한 화장실을 소개했다. "여기 봐라. 엄청나다." 다미도 화장실에 감탄했다. 서하는 안온하지만 꽤나 치밀하다. 카레면, 짜장면, 마라면, 두부 튀김 샐러드, 가지 튀김, 어묵만두국, 밥, 제로 탄산음료를 준비했고, 모두 비건이었고, 모두 맛있었다. 나는 엄청난 친구를 사귀고 있다는 걸 다시 깨달았다.

밥을 다 먹고 허리가 좋지 않은 다미가 소파에 누웠다. 마침 나도 눕고 싶어서 셋은 같이 누워서 도란도란 이야기 나눴다. 다미는 결혼했고 나는 얼마 전 새 연애를 시작했고 서하는 연애를 쉬고 있다. 결혼과 연애 이야기를 하다가 자연스럽게 출산에 관해서도 이야기가 나왔다. 나는 아기를 낳고 싶지 않은 쪽으로 마음이 기운다고 말했다. 왜냐하면 만약 나에게 다시 태어날 기회가 주어진다 해도 나는 다시 태어나고 싶지 않은데, 그런 내가 누군가에게 삶을 준다는 것이 죄스럽게 느껴진다고 털어놓았다. 문득 궁금해져서 다미와 서하에게 물었다. 다시 태어나고 싶냐고.

다미가 말했다. "나는 다시 태어나고 싶지 않아."
서하가 말했다. "나는 다시 태어나고 싶어. 삶이 아름답지만은 않지만, 그래도 밝은 면이 있잖아. 세상이 망하더라도 그 면을 보고 싶어. 가족에게도 더 나은 삶을 주고 싶고."
다미가 잠시 생각하더니 다시 입을 열었다. "아무래도 나는 역시 다시 태어나고 싶지 않아. 다시 태어나고 싶지 않을 정도로 후회 없는 삶을 살고 싶어."

두 사람의 생각이 너무 멋졌다. 두 사람이 얼마나 치열하게 살아왔는지 어렴풋이 알고 있는 나에게는 그 두 대답이 다른 방식으로 모두 와닿았다. 나는 두 친구의 생각 모두 좋다고 생각했다. 그 순간 나의 세상에 작은 진동이 느껴졌다. '내가 너무 삶을 미워만 하고 있었던 걸까?'

우리는 초등학생 시절 나중에 커서 학교를 짓자고 말하곤 했다. 다미는 교장 선생님이 되고, 나는 미술과 수학을 가르치고, 서하는 학교 건물을 짓고 여러 과목도 도맡기로 했다. 우리의 꿈은 이뤄지지 않았지만, 어떤 꿈이든 여전히 서로 나눌 수 있다. 절대적이고 영원한 우정을 이야기하는 영화는 사실 판타지에 가깝고, 대부분의 우정은 한시적이라는 걸 이제는 알기 때문에 고맙다. 우리 셋 또한 일정한 깊이로 관계를 유지한 건 아니었다. 학교가 달라져서 연락이 뜸해지기도 했고, 각자 힘들거나 바쁜 시기를 지나고 있을 땐 단절된 채 살았다. 서른 중반이 되어서 우리는 다시 모일 수 있었다. 못다 한 근황 이야기가 산재해있고, '그랬구나' 하고 들을 준비가 되었다. 나와 서하가 먼저 이어가던 교환 일기장을 셋이 함께 다시 써보기로 했다. 기존 두 권에 새로운 공책 한 권을 더해, 총 세 권으로 교환할 것이다.

저녁이 되어 우리는 주섬주섬 외투를 챙겨 입고 나왔다. 날이 꽤 쌀쌀했다. "어떻게 가?" 서하가 물었다. 다미는 차를 타고 간다고 했다. 나는 "남자친구가 나 데리러 온대."라고 했다. "그동안 어디 있으려고?" "음. 글쎄. 그냥 밖?" "같이 기다리자."

우리 셋은 쪼르르 엘리베이터를 타고 올라가 다시 서하의 집으로 쏙 들어갔다.

어느새

무심한 보살핌

한 달 정도 집을 비우고 돌아오니 스파티필름이 완전히 시들어있었다. 흙 위로 2센티미터 정도만 남기고 싹둑 잘라버렸는데 혹시 몰라 이따금 물을 줬다. 시간이 얼마나 흘렀는지 모르겠다. 파릇파릇한 줄기가 솟아오르더니 열한 개의 잎을 펴냈다. 안쪽에는 새로운 싹도 열심히 올라오고 있다.

스파티필름의 이름은 장난꾸러기를 줄여서 '장꾸'다. 내가 워낙 식물 기르는 데에 무심해서 정을 붙여보고자 지은 이름이다. 혼자 살다 보니 나를 보살피는 일에 소홀해져 자주 아팠는데, 친구가 이런 나에게 식물 기르기를 추천했다.

다른 존재를 보듬다 보면 저절로 나도 챙기게 된다는 것이다. 선인장마저 죽여본 적이 있어서 바로 식물을 들여놓진 않고 생각만 하다가, 볼일을 마치고 집으로 돌아오는 길에 우연히 구매하게 됐다. 작은 꽃집에 들어가니 주인 아주머니가 동네 아주머니와 담소를 나누고 있었다. "안녕하세요." 인사로 인기척을 낸 후 실내에서 잘 자라는 식물을 추천해 달라고 했다. 소개받은 몇 가지 식물 중에서 스파티필름 잎사귀의 부드럽고 깔끔한 곡선이 마음에 들어 화분을 사 왔다. 검은 봉다리에 담은 꽤 묵직한 화분을 들고 집으로 가는 길이 설렜다. 오래도록 잘 기르고 싶다고 생각했다.

장꾸는 나의 무신경 탓에 죽을 고비를 넘긴 후 잘 살고 있다. 지금도 열심히 보살피진 않지만 가끔 장꾸가 눈에 들어오면, 창을 통해 들어오는 빛을 배불리 먹으라고 창가에 잠시 옮겨둔다.

소망

나에겐 '나를 기르는 노트'가 있다. 이옥선 작가님이 딸 김하나 작가님을 기르며 쓴 육아일기 『빅토리 노트』를 구매할 때 사은품으로 온 공책이다. 공책 첫 장에 '나를 기르는 노트'라고 적었다. 나 자신을 양육하는 기분으로 공책에 고민과 사유를 기록하고 있다. 어떤 창작자가 되고 싶은지, 무엇이 정신건강에 좋은지, 어떻게 먹고살지 등 나와 관련한 잡다한 생각 덩어리가 풀어헤쳐있다. 여러 장막에 가려진 채 머리를 메우고 있던 생각이 한 조각씩 글로 적을 때마다 하나의 장막이 열리듯 분명히 드러난다. 그곳에서 또 글을 쓰면 더 안쪽에 있던 장막이 열리는 듯하다. 그렇게 한 장막씩 여는 연습을 하고 있다.

일상에 안정을 찾은 요즘, 또 다른 고민이 시작됐다. 내가 진심으로 바라는 것이 무엇인지 다시 알아보고 싶어졌다. 나는 글을 쓰고 그림을 그리지만 나 자신을 예술가라고 생각하지는 않는다. 나의 창작물을 예술이라고 부르기엔 민망하다. 오롯이 내가 순수하게 하고픈 작업만 하기보다, 대중성과 상품성을 고려하여 작업해왔기 때문이다. 특히 책 작업 외에 의뢰받은 작업도 하는 프리랜서라 기업과 단체의 요구에 따른 콘텐츠를 제작하고 있어서, 나는 과연 어떤 작업을 하고 싶은지 혼란스럽기도 하다.

'나를 기르는 노트'를 펴고 스스로 질문을 던지며 답을 찾아봤다. 어떤 작업으로 어떻게 먹고살까? 어떤 것이 내 안에 큰 부피를 차지하고 있을까? 글을 적어 내려가다 보니 두 가지 줄기로 좁혀졌다. 창작과 빈곤이다. 생뚱맞게 웬 빈곤 문제냐 싶지만, 아무래도 나는 타인과의 연결감을 놓을 수 없다. 나의 장례식을 치르며 나와 가까운 타인들이 삶에 큰 의지가 됨을 느꼈다. 나와 조금은 떨어져 있지만 분명히 연결되어 있을 타인에게도 관심을 두고 싶다. 나는 세상에서 일어나는 수많은 슬픈 일들이 가난에서 비롯한다고 느끼고 있다. 그렇다면 나는 사회 구조에서 오는 빈곤 문제를 해소하는 데에 조금이라도 보탬이 되는 창작을 하면 되겠다. 결론에 도달하자 머릿속 장막들이 모두 걷히며 시야가 밝아진 기분이 들었다. 내가 어떻게 살고 싶은지 다시 발견했다.

'내가 바라는 대로 이뤄질 것이다.'라는 자기 확언을 하면 실제로 효과가 있다고 한다. 이뤄질 거라 믿으며 소망을 적어본다.

내가 사랑하는 사람들과 함께 건강하게 살아가기를.
야무지게 좋은 작품으로 근사한 작가가 되기를.
멀리 떨어진 누군가에게 조금은 힘이 되기를.

미래의 나를 구체적으로 상상해본다.
오전 10시에 저절로 눈이 떠져서 일어나면 미지근한 물 한 잔을 마신다. 간단하게 스트레칭하고 냉장고에서 샐러드와 과일을 꺼내 구운 빵과 먹는다. 커피와 초콜릿을 들고 컴퓨터 앞에 앉아 작업을 시작한다. 원고 작성, 인권 공부, 친구 만나기, 인터뷰, 운동이 오늘 할 일이다. 하루에 네 시간씩 글을 쓴다. 책과 논문을 뒤적이며 공부하다가 중요한 분을 인터뷰한다. 헬스장에서 운동하고 밤에는 사랑하는 이들과 디카페인 커피를 마신다. 뿌듯한 마음으로 일과를 마무리한다.

세상은 여전히 끔찍하고 사람들은 여전히 이기적이며 삶은 녹록지 않다. 나는 여전히 사는 일에 염증을 느낀다. 하지만 이따금 와닿는 햇살은 나도 모르게 모든 걸 잊고 미소 짓게 한다. 갑작스럽게도 나는 삶을 긍정해보기로 했다. 긴 시간, 죽음과 삶이 붙어있다고 생각하면서도 죽음은 긍정하고 삶은 부정하며 죽음과 삶을 대하는 태도를 달리해왔다. 냉소하면서도 사랑을 외치던 모순된 모습에서 조금 벗어나고 싶다. 잘 죽기 위해서라도 잘 살고 싶다.

죽음을 생각하고, 이별하려 장례식을 치르고, 글을 지으며 이런 결론이 제일 이상적일 거라고 생각하긴 했으나, 정말로 이런 결말에 도달할 줄은 몰랐다. 나는 삼 년째 죽음을 생각하고 장례식에 대한 글을 지으며 삶을 향해 건조한 태도를 유지해왔다. 예정한 작업이 밀리며 스트레스가 많아진 탓에 삶을 더 부정하기도 했다. 삶 자체보다는 삶을 지탱하는 사랑들에 초점을 맞추며 그럼에도 살아갈 힘을 주는 것들을 더 들어 찾고 있었다. 그래서 마지막 꼭지를 쓰고 있는 지금, 내가 삶을 긍정한다는 것은, 정확히 말하자면 삶을 긍정해보려 한다는 것은 너무나 급작스럽다. 아무래도 서하의 집들이에서 서하와 다미가 이야기해준 다시 태어남에 대한 생각들이 내 안에 변화를 일으킨 것 같다. 세상이 망하더라도 밝은 면을 보고 싶다는 서하, 다시 태어나고 싶지 않을 만큼 후회 없이 살고 싶다는 다미. 삶의 빛과 어둠을 모두 받아들이되, 무엇을 향해 나아가느냐는 나의 선택에 달린 듯 보였다.

나는 그럭저럭 무사하고, 나의 심장에 충만함을 불어넣어줄 사건이 종종 일어나고 있다. 매일은 아니지만 꾸준히 일어난다. 오늘은 가족끼리 문자로 아침 인사를 나눴고, 맛있는 오트라테를 마셨고, 기분 좋게 선선한 바람을 맞으며 길을 걸었다. 삶을 더는 미워하지 않아도 되지 않을까. 더는 나를 미워하지 않아도 되지 않을까. 삶은 아름답다고 아직 말할 수 없지만, 나의 숨 자체에서 만족과 멋짐을 느껴보려고 한다. 미래에 어떤 모습이 되었든 내가 웃으며 기다리고 있을 거라 믿으며, 불안은 내려두고 나로 살기로 해본다.

내 심장을 이루는 것들

누구라도 그러하듯이

이야기를 마치며

271

273

274

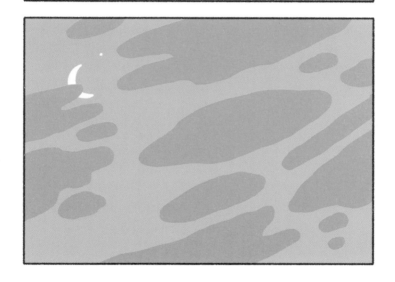

우주란, 몇 억 광년쯤 떨어진
저 먼 곳에 있을 거라고 생각하기 쉽지만…

우리는 사실, 늘 우주를 보고 있다.

구름과 먼지가 가득한 날에는 잘 보이지 않아도

별은 항상 거기에 있다.

삶의 가치를 찾는 이와 진정한 사랑을 찾는 이는 닮아 보입니다. "왜 살아야 할까?" "이 사랑은 진짜일까?" 무엇도 이상에 들어맞지 않으니 이들은 어디에도 안착하지 못한 채 헤매곤 해요. 일단 살아가고는 있는데, 애정하고는 있는데, 이를 지속할 마땅한 당위를 찾지 못해 답답해하기도 하고요. 이들은 몽상가처럼 보이기도 하죠. 저는 이렇게 삶과 사랑을 헤매는 이들에게 마음이 쓰입니다. 이들의 반짝이는 눈물방울과 땀방울이 아름답기도 하고, 저와 닮은 구석이 있기 때문이기도 합니다.

언제부턴가 방황을 줄이고 안정적인 생활을 꾸려가고 있습니다. 아직도 보물 상자를 채우기 위해 분투하고 있지만 예전과는 달라요. 새로운 곳에서 보물을 찾기보다, 이미 가진 원석을 직접 다듬어 보석으로 만들기 위해 애쓰고 있습니다. 어쩌면 삶의 가치나 사랑은 발견되는 것이 아니라 만들어지는 것이지 않을까 생각합니다. 삶과 사랑은 이미 여

기에 있고, 이를 어떻게 연마해갈지가 문제인 거죠. 의지와
노력과 꽤 긴 시간이 필요할지도 모를 일입니다.

그간의 고단함을 벌써 까먹었습니다. 깜깜한 터널 속에
털썩 주저앉아 멍하니 깊은 어둠만 바라보던 날들이 있었습
니다. 터널 밖으로 나오기 위해 발버둥 치기도 했지만 언제
나 출구로 향한 것은 아니었습니다. 악몽을 꾼 것 같지는 않
습니다. 언제나 현실이었고 숨을 가쁘게 몰아쉬었죠. 그날
들은 지금 맑은 일상을 유지하는 데에 적절한 비료가 되었
습니다. 개운합니다. 샤워를 마치고 몸의 물기를 훔친 후 마
시는 물 한 잔이 달콤합니다. 등에 베개를 괴고 앉아 무릎에
이불을 덮은 후 태블릿으로 보는 만화는 재미납니다. 뭐하
며 먹고사나, 야식을 어떻게 끊나, 글을 잘 쓸 수 있을까, 걱
정은 많습니다만 살 만합니다.

장례식을 올리고도 일상은 크게 달라지지 않았지만, 장례
식을 열고 닫으며 떠오른 마음들은 시간이 지날수록 짙어지
고 있습니다. 옆에 있어주기, 멀리 떠나기, 포용하기, 희생하
기…. 누군가를 사랑하는 저마다의 방식이 있을 거예요. 제
가 사랑하는 방식은 목숨 다할 때까지 살아가는 것입니다.

가족과 친구들은 저를 사랑하고 있습니다. 오만해 보일 수 있겠지만, 나라는 존재를 잘 지켜내는 일은 그들의 사랑을 돌려주는 일라고 생각합니다. 삶은 부단한 사랑이라는 것, 그리고 이제 사랑하는 대상 안에 나 자신도 들어있다는 사실을 떠올립니다. 제 곁을 지켜주는 가족과 친구들, 제 일을 완수하도록 도와주신 편집자님, 디자이너님, 마케터님, 이 글을 읽고 계실 독자님들 모두 감사합니다. 앞으로도 좋아하는 것들을 듬뿍 좋아하며 살아갈 테니 지켜봐주세요.

보선

힘이 되어준 책들

고통 없는 사회 한병철 지음, 이재영 옮김, 김영사, 2021

끝까지 쓰는 용기 정여울 지음, 이내 그림, 김영사, 2021

나는 왜 나를 사랑하지 못할까 롤프 메르클레 지음, 유영미 옮김, 생각의날개,
　　2023 (초판 2014)

나는 자살 생존자입니다 황웃는돌 지음, 문학동네, 2023

나에게 다정한 하루 서늘한여름밤 지음, 위즈덤하우스, 2018

다시 오지 않는 것들 최영미 지음, 이미출판사, 2019

말, 살, 흙 스테이시 앨러이모 지음, 윤준·김종갑 옮김, 그린비, 2018

먼저 우울을 말할 용기 린다 개스크 지음, 홍한결 옮김, 윌북, 2023 (초판 2020)

미쳐있고 괴상하며 오만하고 똑똑한 여자들 하미나 지음, 동아시아, 2021

빅토리 노트 이옥선·김하나 지음, 콜라주, 2022

생태적 전환, 슬기로운 지구 생활을 위하여 최재천 지음, 김영사, 2021

시와 산책 한정원 지음, 시간의흐름, 2020

실존주의는 휴머니즘이다 장 폴 사르트르 지음, 방곤 옮김, 문예출판사, 2013

아직, 불행하지 않습니다 김보통 지음, 문학동네, 2017

오티움 문요한 지음, 위즈덤하우스, 2020

우울할 땐 뇌 과학 앨릭스 코브 지음, 정지인 옮김, 심심, 2018

입 속의 검은 잎 기형도 지음, 문학과지성사, 1989

죽는 게 뭐라고 사노 요코 지음, 이지수 옮김, 마음산책, 2015

죽음미학 양주이 지음, 강은혜 옮김, 박이정, 2018

죽음이란 무엇인가 셸리 케이건 지음, 박세연 옮김, 웅진지식하우스,
　　2023 (초판 2012)

카프카의 일기 프란츠 카프카 지음, 장혜순·이유선·오순희·목승숙 옮김,
　　솔출판사, 2017

회복탄력성 김주환 지음, 위즈덤하우스, 2019 (초판 2011)